Casei com você
para ser feliz

Lily Tuck

Casei com você para ser feliz

Tradução
Maria Clara de Biase

Título original
I MARRIED YOU FOR HAPPINESS

Copyright © 2011 *by* Lily Tuck

Todos os direitos reservados.

Nenhuma parte desta obra pode ser reproduzida ou transmitida por qualquer forma ou meio eletrônico ou mecânico, inclusive fotocópia, gravação ou sistema de armazenagem e recuperação de informação sem a permissão escrita do editor.

SUMMER AFTERNOON de "WISH YOU WERE HERE".
Letra e música de Harold Rome. *Copyright* © 1952 (Renovado)
Chappell & Co., Inc. Todos os direitos reservados.
Usado com autorização.

Direitos para a língua portuguesa reservados
com exclusividade para o Brasil à
EDITORA ROCCO LTDA.
Av. Presidente Wilson, 231 – 8º andar
20030-021 – Rio de Janeiro – RJ
Tel.: (21) 3525-2000 – Fax: (21) 3525-2001
rocco@rocco.com.br
www.rocco.com.br

Printed in Brazil/Impresso no Brasil

CIP-Brasil. Catalogação na fonte.
Sindicato Nacional dos Editores de Livros, RJ.

T825c Tuck, Lily, 1938-
Casei com você para ser feliz/Lily Tuck;
tradução de Maria Clara de Biase.
– Rio de Janeiro: Rocco, 2013.

Tradução de: I married you for happiness

ISBN 978-85-325-2837-7

1. Romance norte-americano. I. Biase, Maria
Clara de. II. Título.

13-1418   CDD-823
                                 CDU-821.111(73)-3

Em memória de
Edward Hallam Tuck

Nós nunca nos atemos ao presente. Lembramos do passado; antecipamos o futuro como se achássemos que está demorando demais a chegar e tentássemos apressá-lo, ou nos lembramos do passado como se para retardar seu voo muito rápido. Somos tão insensatos que vagamos em tempos que não nos pertencem e não pensamos no único que é nosso; e tão vãos que sonhamos com tempos que não existem mais e não vemos o único que há. O fato é que o presente em geral nos fere.

— BLAISE PASCAL, Pensamentos (nº 47)

Nada é mais aterrorizante do que a possibilidade de nada ser escondido. Nada é mais escandaloso do que um casamento feliz.

— ADAM PHILLIPS, Monogamia

A mão dele está ficando fria, e ainda assim ela a segura; sentada à sua cabeceira, não chora. De quando em quando encosta o rosto no dele, obtendo um ligeiro conforto na pele áspera com a barba por fazer, e conversa um pouco com ele.
Eu te amo, ela lhe diz.
Sempre amarei.
Je t'aime.

Há previsão de chuva para esta noite e ela ouve o vento aumentar lá fora. Sopra através dos ramos dos carvalhos e ela ouve uma veneziana batendo no lado da casa, e depois batendo de novo. Precisa se lembrar de pedir a ele para consertá-la – não, lembra-se. Um carro passa, o rádio em volume alto. Uma música heavy metal, ela não consegue distinguir a letra. Adolescentes. O quão pouco eles sabem, o quão pouco suspeitam que a vida – ou a morte – lhes reserva.
Eles podem estar bêbados ou drogados. Ela imagina as nuvens correndo no céu noturno, semiencobrindo as estrelas enquanto o carro se precipita pela estrada de terra, atirando pedras

para trás como se disparasse tiros. Um grito. Uma janela abaixada e uma lata de cerveja arremessada para ela pegar de manhã. Isso a deixa zangada, mas o incomoda menos, o que também a deixa zangada.

Uma canção começa a surgir em sua cabeça. Meio que a reconhece, mas ela não é musical. *Cante!* – ele a provoca às vezes, *cante alguma coisa!* Ele ri e é quem canta. Tem uma boa voz. Ela se inclina para baixo, para tentar ouvir as palavras:

Tudo pode acontecer em uma tarde de verão
Em uma tarde dourada doce e preguiçosa de verão

Ela quase fica tentada a rir – *doce, preguiçosa?* Como essas palavras parecem tolas. Quanto tempo se passou desde que as ouviu? Trinta, não, quarenta anos. A canção que ele cantava quando a cortejava, e ela raramente ouviu antes ou depois. Gostaria de saber se a canção é real ou inventada. Tem vontade de perguntar a ele.

Gentilmente, com o dedo indicador, ela gira várias vezes a aliança de ouro no dedo dele. A sua é mais estreita. Dentro dela seus nomes estão gravados com letras ornadas. *Nina* e *Philip*. Com o passar do tempo, algumas letras se desgastaram – *Nin* e *Phi i*. Seus nomes parecem símbolos matemáticos – como isso é apropriado!

Nada está gravado dentro da aliança de Philip. A aliança original escorregou do dedo dele e desapareceu no oceano Atlântico quando Philip estava velejando sozinho pela costa da Bretanha, em uma tarde de verão.

Uma tarde dourada doce e preguiçosa – a canção continua em sua cabeça.

De manhã, antes de sair para o trabalho, Philip se despede com um beijo e à noite, quando volta para casa, a cumprimenta com outro. Ele a beija na boca. Mas o beijo não é apaixonado – embora ocasionalmente seja travesso e ele escorregue a língua para dentro de sua boca como uma espécie de lembrete. Na maioria das vezes, é um beijo terno e amigável.

Como foi o seu dia?, pergunta ele.

Ela dá de ombros. Como sempre algo está fora de ordem: uma máquina quebrada, um vazamento, uma toupeira escavando o jardim. Ela nunca tem tempo suficiente para pintar.

E o seu?, pergunta.

Qual foi a resposta dele?

Bom?

Ele é um otimista.

Tivemos uma reunião do corpo docente. Você devia ouvir como aqueles novos físicos falam! Philip balança a cabeça e bate com o dedo na testa. Eles são loucos, ele diz.

Mas Philip não é louco.

Apesar do velho ditado sobre como os matemáticos tendem a ficar loucos enquanto os artistas tendem a permanecer sãos. Quem disse isso?

O problema é a lógica. Não a imaginação.

* * *

Com os dedos, ela segue o contorno dos lábios dele. Sua cabeça se enche de imagens de mulheres de luto mais familiarizadas com a morte do que ela. Mulheres morenas, mediterrâneas, usando véus, com longos cabelos desgrenhados, apaixonadas, mulheres sem dignidade que se atiram sobre os corpos ensanguentados e mutilados de seus maridos, pais e filhos, e lhes cobrem o rosto de beijos, e depois têm de ser afastadas à força deles enquanto gritam e amaldiçoam seus destinos.

Ela é apenas um frágil e pálido fantasma. Com a mão livre, toca o rosto para se certificar.

No dia do seu casamento, começa a chover; algumas pessoas dizem que isso é sinal de boa sorte, outras que estão ficando molhadas.

Ela é supersticiosa. Se puder evitar, nunca passa debaixo de uma escada ou abre um guarda-chuva dentro de casa. Quando era criança cantarolava: *Pise na linha e seu pai quebrará a espinha.* Até mesmo agora, na idade adulta, olha para a calçada e, se possível, evita as rachaduras. É muito difícil quebrar hábitos.

Philip não é supersticioso. Ou, se é, não o admite. Superstição é feminina, medieval, pagã. Contudo, ele acredita em coincidência, boa sorte, casualidade. Acredita em possibilidade, em vez de em causa e efeito. No provável e não no inevitável.

O que é que ele sempre diz?

Você não pode prever ideias.

A chuva se transformou brevemente em neve. Forte e repentina – anormal para essa época do ano. Ela se preocupa com seus sapatos. Sapatos de salto alto de cetim branco, com pequenas rosas de plástico cor-de-rosa presas na frente. Meses depois, tenta tingir os sapatos de preto, mas eles ficam com cor de marrom sujo. Ela devia saber. Preto é acromático.

Um casamento no campo – pequeno e soturno. A tenda para a recepção, montada no gramado dos pais dela, não está adequadamente aquecida. O chão sob os pés está encharcado e os sapatos das mulheres afundam na grama. Os convidados ficam de casaco e falam sobre o piloto do U-2 abatido naquele dia.

Qual era mesmo o nome dele?

Tome nota do que estou dizendo, haverá represálias dos Estados Unidos e teremos uma guerra nuclear em nossas mãos, ela ouve o padrinho de Philip dizer.

Outra pessoa diz que as mãos de Kennedy estão atadas como estão as de McNamara, George Ball, Bundy e do general Taylor.

O padrinho diz que Kennedy é um tolo.

O que mais ele pode fazer?, pergunta uma mulher chamada Laura.

Não se esqueça da baía dos Porcos. A culpa foi totalmente nossa, responde o padrinho. Ele está ficando zangado.

Não vamos falar sobre política. Estamos em um casamento. Devíamos estar celebrando, lembram-se?, diz Laura. Ela também parece zangada.

A última notícia que Nina teve de Laura foi que ela está morando em San Francisco com uma mulher que é ceramista. O padrinho morreu em uma avalanche. Estava esquiando em neve fresca pela vertente posterior de uma montanha não patrulhada em Idaho, com a filha de 14 anos, que também morreu. Chamava-se Eva Marie – devido à atriz, supõe Nina.

Tudo pode acontecer em uma tarde de verão

Pare, pensa ela, pondo as mãos nos ouvidos.

Rudolf Anderson – era esse o nome do piloto do U-2 abatido.

É estranho do que ela se lembra.

Como, por exemplo, que certa vez, em Boston, quando estava na universidade, avistou Fidel Castro. Ainda se lembra da excitação disso. Vestindo seu uniforme de campanha verde-oliva, ele pareceu bonito naquela época. Tinha 33 anos e usava cabelos compridos e uma barba longa e emaranhada. Ao vê-la olhando para ele, Fidel lhe sorriu. Disso ela tem certeza. Mas ela não era realmente radical; pelo contrário, olhando para trás, parecia tímida.

Bonita e tímida.

Mais uma vez ela pensa naquelas mulheres morenas, mediterrâneas, usando véus, com longos cabelos desgrenhados, e deseja conseguir bater no peito e chorar.

* * *

Na sua lua de mel, eles foram para o México observar borboletas. Borboletas? Por quê? Nina tenta discordar. Borboletas-monarcas. Milhões delas. Ainda é o início da temporada migratória, mas eu sempre quis vê-las. E depois poderemos ir para a praia e relaxar, promete Philip.

O carro, um velho Renault, é alugado. As estradas são estreitas e o vento sopra forte nas encostas da Sierra Chincua enquanto eles dirigem da cidade do México para Angangueo. Há poucos carros na estrada; os ônibus e caminhões buzinam sem parar e ultrapassam sem aviso. Não há placas para a cidade.

Donde? Donde Angangueo?, grita repetidamente Philip pela janela do carro. Em pé ao lado da estrada, as crianças o olham em muda descrença. Seguram iguanas para vender. As iguanas estão amarradas com cordas, e dizem que são saborosas.

Dizem que têm gosto de frango, comenta Philip.

Como você sabe?, pergunta Nina.

Em vez de responder, Philip põe a mão na perna dela.

Mantenha suas mãos no volante, diz Nina, afastando-lhe a mão.

Em Angangueo, eles ficam em um pequeno hotel perto da Plaza de la Constitución; não há outros turistas e todos olham para eles. Antes de jantar, visitam uma igreja. Em um impulso, Nina acende uma vela.

Para quem?, pergunta Philip.

Nina dá de ombros. Não sei. Para nós.

Boa ideia, diz Philip, e lhe aperta o ombro.

Na manhã seguinte, quando eles saem da cama, seus corpos estão cobertos de marcas vermelhas. Mordidas de pulgas.

Seguindo o guia contratado, eles andam durante mais de uma hora por um caminho estreito e sinuoso na montanha, sempre subindo. Andam em fila única, com Philip atrás dela. Alto e magro, Philip claudica um pouco – ele quebrou a perna ao cair de uma árvore quando era criança e a tíbia não se consolidou do modo certo –, o que lhe dá certa vulnerabilidade e aumenta seu charme. Às vezes Nina o acusava de claudicar exageradamente para despertar compaixão. Mas na maior parte do tempo mal se nota a claudicação, exceto quando Philip está cansado ou eles discutem.

O dia está um pouco nublado e frio – além disso, eles estão a uma grande altitude, de 1.800 a 2.700 metros, calcula Philip. Cercados de abetos, não veem nada. Está úmido e difícil de respirar. Falta muito? Ela deseja perguntar, mas não pergunta porque de repente o guia para e aponta. A princípio, Nina não consegue ver para o que ele está apontando. Um tapete cor de laranja no chão da floresta. Folhas. Não. Borboletas. Milhares e milhares delas. Quando Nina olha para cima, vê mais penduradas em grandes pencas como colmeias em uma árvore. Algumas borboletas voam indiferentemente de uma árvore para outra, mas a maioria está parada.

Parecem mortas, diz ela.

Estão hibernando, responde Philip.

No caminho de volta para a cidade, Philip tenta explicar. Há duas teorias sobre como essas borboletas-monarcas sempre voltam todos os anos para o mesmo lugar – o que é surpreendente quando você pensa que a maioria nunca esteve aqui antes. Uma teoria diz que há uma pequena quantidade de magnetita em seus corpos, o que age como uma espécie de bússola e as conduz de volta para estas colinas cheias de ferro magnético. A segunda diz que as borboletas usam uma bússola interna...

Nina parou de ouvir. Olhe. Ela aponta para algumas plantas vermelhas brilhantes crescendo debaixo dos abetos. *Limóncillos*, diz o guia, e faz um sinal como se para beber algo em sua mão.

Sí, responde Nina. A essa altura está com sede.

De Angangueo, eles dirigem para Puerto Vallarta, onde passarão as últimas semanas de sua lua de mel. No carro, Nina fecha os olhos e tenta dormir quando de repente Philip freia e ela é atirada contra o painel. Eles bateram em alguma coisa.

Ai meu Deus. Uma criança!, grita Nina.

Um porco atravessou a estrada antes de Philip conseguir parar. Com as costas quebradas, fica deitado no meio da estrada, gritando. A cada vez que ele grita, sua boca se enche de sangue escuro. Em minutos, e aparentemente vindos do nada, homens, mulheres e crianças se reúnem e observam do lado da estrada. Philip e Nina saem do carro e ficam em pé juntos. Está muito quente e claro. Pondo a mão na cabeça para proteger os olhos, ela diz: Philip, faça alguma coisa. O porco grita como um bebê.

O que você quer que eu faça?, pergunta Philip. A voz dele é anormalmente estridente. Mate-o?

Um homem de chapéu de palha se aproxima de Philip. Usa uma bengala. Philip tira a carteira do bolso traseiro e, sem dizer uma só palavra, lhe dá vinte dólares. O homem pega o dinheiro e também não diz uma só palavra para Philip.

De volta ao carro, Nina e Philip não falam um com o outro até chegarem a Puerto Vallarta e Nina dizer: Olhe, lá está o mar.

Então ele lhe conta sobre Iris.
Um acidente.

Naquela noite, na cama, Philip diz: Gostaria de saber se o homem de chapéu e bengala realmente era o dono do porco. Poderia ser qualquer pessoa.

Sim, concorda Nina. Poderia ser qualquer pessoa.

Essas pulgas mordem, estão me enlouquecendo, acrescenta ela.

A mim também, diz Philip, tomando-a nos braços.

Ela acredita que Philip a amava, mas como pode estar certa disso? O conhecimento é o objetivo da crença. Mas como pode justificar sua crença? Por meio de prova lógica? Por meio de axiomas que são conhecidos de outra maneira e, por exemplo, intuição. Quem pensou nisso? Sócrates? Platão? Não se lembra, só lembra do nome de sua professora de filosofia do ensino médio, Mlle. Pieters, que era flamenga, e do modo como dizia *Platoe*.

Ela deveria reler Platão. Platão poderia confortá-la. Sabedoria. Filosofia. Ou estudar os filósofos orientais. Zen. Talvez devesse se tornar uma monja budista. Raspar a cabeça, usar uma túnica branca e sandálias de plástico baratas.

Ela ouve o vento lá fora sacudindo os galhos das árvores. Mais uma vez a veneziana bate no lado da casa. Agora quem a consertará?

Como ela cortará a grama? Quem trocará a lâmpada no corredor lá embaixo que não consegue alcançar? Quem a ajudará a carregar as compras de supermercado? Como ela pode pensar nessas coisas?

Ela fica feliz por ser noite e o quarto estar escuro. O tempo é muito mais gentil à noite – leu isso recentemente em algum lugar. Se ela se virasse e olhasse para o relógio na mesa de cabeceira, saberia que horas eram – dez, 11, meia-noite ou já era o dia seguinte? Mas não quer olhar. Em vez disso, se pudesse, faria o tempo voltar. Ser ontem, semana passada, anos atrás.

Paris, em um café na esquina do boulevard Saint-Germain com a rue du Bac. Ela consegue ver claramente. A primavera ainda não chegou e faz frio, mas as mesas já estão na calçada, forçando os pedestres a ir para a rua. É sábado e o movimento é grande. Os castanheiros ainda não começaram a florir e alguns brotos verdes nos galhos são um auspicioso sinal.

Ela se lembra do que está usando. Uma jaqueta de couro que comprou de segunda mão em um mercado de pulgas ao ar livre, um lenço de seda amarela e botas. Naquele momento acha que parece francesa e chique. Talvez pareça. Em todo caso, ele pensa que ela é francesa.

Vous permettez?, pergunta ele, apontando para a cadeira vazia à sua mesa.

Ela está tomando um *café crème* e lendo um livro francês, *Tropismes*, de Nathalie Sarraute.

Je vous en prie, responde, sem erguer os olhos.

Ela trabalha em uma galeria de arte a alguns quarteirões de distância, na rue Jacques-Callot. A galeria expõe principalmente pintores norte-americanos de vanguarda. Os franceses gostam deles e compram suas obras. Atualmente a galeria está expondo um artista californiano cujo trabalho ela admira. O artista é mais velho, famoso e rico; ele convidou Nina a ir ao seu *hôtel particulier* na Rive Droite, onde está hospedado. Disse-lhe para levar seu traje de banho – ela ainda se lembra: um duas-peças azul e branco de puro algodão. A piscina fica no último andar do *hôtel particulier* e é ornada com painéis de madeira escura, como os de um transatlântico antiquado; em vez de janelas há vigias. Ela segue o artista até a piscina e, enquanto nada, olha para os telhados de Paris, e, porque a noite está caindo, vê as luzes se acendendo. Pairando às suas costas, também vê o feixe de luz da Torre Eiffel circundando protetoramente a cidade. Depois eles vestem grossos robes brancos e se sentam lado a lado em *chaises longues* como se de fato estivessem a bordo de um navio, atravessando o Atlântico. Até mesmo bebem algo – um kir royal. Ela dormiu com ele mais uma vez, mas eles não voltaram a nadar. Antes de deixar Paris ele lhe deu um de seus desenhos, um pequeno pastel caricatural de um navio, com a proa na forma da cabeça de um cão. Emoldurado, o desenho está na parede do corredor principal no andar de baixo.

Philip começa a lhe falar sobre Nathalie Sarraute. Diz conhecer um membro da família dela que tem uma relação de parentesco distante com ele pelo casamento.

Nina não acredita nele.
Uma tentativa de impressioná-la, pensa.

Ela ouve o telefone tocar no andar de baixo. Como precaução, o desligou no quarto. Por quê?, pergunta-se. Para não acordá-lo? Estende a mão para o fone, mas o telefone para repentinamente de tocar. Não faz mal. Ela esperará até a manhã. De manhã dará telefonemas, escreverá e-mails, tomará providências: o atestado de óbito, a casa funerária, o serviço religioso – fará o que precisa ser feito. Esta noite – esta noite, ela não quer nada.
Quer estar só.
Só com Philip.

Ela não é religiosa.
Não acredita em vida após a morte, em transmigração de almas, em nada disso.
Mas ele acredita.
Eu não acredito em reencarnação e outras coisas e não vou à igreja, mas acredito em Deus, diz-lhe ele.
Onde eles estavam?
Andando de mãos dadas no cais, à noite, param por um momento para olhar para Nôtre-Dame.
Achei que os matemáticos não acreditavam em Deus, diz ela.
Os matemáticos não excluem necessariamente a ideia de Deus, responde Philip. E, para alguns, a ideia de Deus pode ser mais abstrata do que a do Deus do cristianismo convencional.

Aos seus pés, o rio corre escuro e rápido, e ela estremece levemente dentro de seu casaco de couro.

Como Pascal, continua Philip, acredito que é mais seguro acreditar que Deus existe do que acreditar que Ele não existe. Cara, Deus existe e eu ganho e vou para o céu. Philip faz um movimento com o braço como se jogasse uma moeda para o ar. Coroa, Deus não existe e não perco nada.

Isso é uma aposta, diz ela, franzindo as sobrancelhas. Sua crença se baseia nos motivos errados e não em fé genuína.

De modo algum, responde Philip, minha crença se baseia no fato de que a razão é inútil para determinar se Deus existe. Caso contrário, a aposta estaria aberta.

Então ele se inclina para baixo e a beija.

Philip está deitado com os olhos fechados. Sua cabeça repousa no travesseiro, e ela o cobrira com a colcha de losangos vermelhos e brancos. Ele poderia estar dormindo. O quarto arrumado é familiar, dominado pela cama com quatro colunas de mogno entalhado. Do lado oposto, duas cadeiras, o suéter dela de cashmere bege pendurado atrás de uma; entre as cadeiras, uma cômoda de bordo coberta com uma fileira de fotos em molduras de prata – Louise bebê, Louise com 9 ou 10 anos, o cisne negro na produção de sua escola de *O lago dos cisnes*, Louise segurando seu cão, Mix, Louise de toga, Louise e Philip velejando, Louise, Philip e Nina cavalgando em um hotel-fazenda em Montana, Louise e Nina esquiando em Utah. Em cima da cômoda também há uma caixa de laca, onde ela guarda algumas de suas joias. Suas preciosas joias – um broche de diamantes em forma de flor, um colar de pérolas de três voltas, um anel de rubi com sinete – dentro está a combinação do cofre no armário do corredor. Fechando os olhos, ela tenta se lembrar da combinação: três voltas para a esquerda até o 17, duas voltas para a direita até o 4 e uma volta para a esquerda até o 11, ou é o contrário? Seja como for, nunca consegue abrir o cofre; Philip sempre tem de abri-lo. E, perto da caixa de joias de laca, a tigela de barro azul e verde que Louise fez para ela na terceira série, e dentro da qual, todas as noites, Philip coloca suas moedas. As portas do armário estão fechadas e apenas a do banheiro está entreaberta.

Quando uma porta não é uma porta? Quando é uma...

Pare.

Talvez ela deva vestir sua camisola e se deitar perto de Philip e, de manhã, quando ele acordar, a procurará como sempre faz. Subirá sobre sua camisola. Tire-a, dirá. Ele gosta de fazer amor de manhã. Sonolenta, ela demora mais para corresponder.

Nina não se deu ao trabalho de fechar as cortinas. Lá fora, acima dos galhos balançantes das árvores, consegue enxergar algumas estrelas no céu noturno. Apenas algumas em uma galáxia de um bilhão ou um trilhão de estrelas. Talvez a morte, pensa, seja como uma daquelas estrelas – uma estrela que só pode ser vista voltando no tempo e exista em um estado inobservável. Enquanto a vida, segundo ouviu dizer, foi criada a partir de estrelas – de fragmentos de estrelas.

O que ele lhe disse exatamente?

Estou um pouco cansado, vou subir para me deitar por um minuto antes do jantar.

ou

Vou me deitar por um minuto antes do jantar, estou um pouco cansado.

ou algo totalmente diferente.
Ela está na cozinha. Desfolhando alface. Ergue os olhos brevemente.
Como foi o seu dia?
Ela não presta muita atenção à resposta dele.
Tivemos uma reunião do corpo docente. Você devia ouvir como aqueles novos físicos falam! Eles são loucos, diz Philip, enquanto sobe a escada.
Ela faz o molho de salada e põe a mesa. Tira o frango do forno. Cozinha batatas frescas. Então o chama.
Philip! O jantar está pronto.
Ela tenta abrir uma garrafa de vinho tinto, mas a rolha fica presa. Ele a soltará.
Novamente: Philip, Philip! Jantar!
Antes de entrar no quarto, ela já sabe.
Vê os pés dele com meias. Philip tirara os sapatos.
No que ele estava pensando? No jantar? Nela? Em um ensaio que está lendo de um dos seus alunos, que sustenta que

Kronecker estava certo ao afirmar que a exclusão aristotélica de infinitos completos poderia ser mantida?
Infinitos. Conjuntos infinitos. Séries infinitas.

A infinidade a deixa ansiosa.
Dá-lhe pesadelos. Quando era criança, tinha um sonho recorrente. Um sonho que nunca consegue descrever com palavras. O mais perto que chegou de descrevê-lo, conta a Philip, é dizer que tinha a ver com números. Os números – se de fato são números – sempre começam pequenos e administráveis, embora no sonho Nina saiba que isso é temporário, porque logo começam a ganhar força e se multiplicar; tornam-se maiores e incontroláveis. Formam um abismo. Um buraco negro de números.
Você não é a única, diz-lhe Philip. Os gregos, Aristóteles, Arquimedes, Pascal, todos tiveram isso.
O sonho?
Não, o que o sonho representa.
O que é?
O pavor do infinito.
Mas, para Philip, a infinidade é um conceito insano.
A infinidade, diz ele, é absurda.

"Imagine uma noite escura", é como Philip sempre começa seu curso de graduação sobre teoria das probabilidades, "em que você está caminhando por uma rua vazia e subitamente vê um homem com uma máscara de esqui saindo pela janela de uma joalheria carregando uma maleta – você nota que a janela está quebrada. Sem dúvida presumirá que o homem é um ladrão e acabou de roubar a joalheria, mas é claro que pode estar totalmente enganado."

Philip é um professor popular. Seus alunos gostam dele. Particularmente as alunas, Nina não pode deixar de notar.

Ele é tão confiante, tão alegre, tão bonito!

Vous permettez?

Ele é tão gentil!

Tão gentil que às vezes ela o repreende.

Eles não vão para a cama um com o outro imediatamente. Em vez disso, ele lhe pergunta sobre o pintor norte-americano famoso.

Não quero que você durma com mais ninguém além de mim, diz Philip. Ele parece bastante sério. Eles estão na esquina do boulevard Saint-Germain com a rue de Saint-Simon, perto do apartamento em que está hospedado com sua tia viúva. Uma tia francesa – ou quase. Ela se casou com um francês e vive na França há quarenta anos. Tante Thea é mais francesa do que o francês. Fala sobre política e comida; veste-se impecavelmente e seu penteado é perfeito; serve almoços de três pratos; joga golfe em um clube exclusivo em Neuilly; e vai para o campo todos os fins de semana. Refere-se a Philip como *mon petit Philippe* e, com o passar do tempo, Nina começa a gostar dela.

Em uma tarde quente de sábado, o apartamento estará vazio. Do outro lado do boulevard um policial monta guarda em um ministério. Uma bandeira ondula sobre a entrada fechada.

Passam carros, um ônibus, várias motocicletas barulhentas. Eles ficam em pé juntos sem dizer uma só palavra.

Venha, finalmente diz Philip.

Mon petit Philippe.

Nina sorri para si mesma, se lembrando.

Ele é tão delicado, tão determinado a agradá-la!

"A suposição de que o homem de máscara de esqui roubou a joalheria é um exemplo de raciocínio plausível, mas nós, nesta aula" – é como Philip continua sua preleção –, "estudaremos o raciocínio dedutivo. Examinaremos como os julgamentos intuitivos são substituídos por teoremas definidos. O homem roubando a joalheria na verdade é o dono a caminho de uma festa à fantasia, o motivo da máscara de esqui, e o filho do vizinho acidentalmente atirou uma bola de beisebol na janela de sua loja.

"Alguma pergunta?"

O mais provável é que tenha sido uma parada cardíaca súbita – não um ataque cardíaco –, diz o vizinho, um endocrinologista. Ele tenta lhe explicar a diferença. Um ataque cardíaco é quando um entupimento em um vaso sanguíneo interrompe o fluxo de sangue para o coração, enquanto uma parada cardíaca resulta de uma perda abrupta da função cardíaca. A maioria das paradas cardíacas que levam à morte súbita ocorre quando os impulsos elétricos no coração se tornam rápidos ou caóticos. Essa frequência cardíaca irregular faz o coração parar subitamente de bater. Algumas paradas cardíacas se devem à redução extrema dos batimentos cardíacos. Isso se chama bradicardia.

Ele disse tudo isso?

Não, não, Philip nunca foi diagnosticado com doença cardíaca. É forte como um cavalo. Fez um check-up alguns meses atrás. Foi isso que o médico disse. Pelo menos, foi o que Philip lhe contou que o médico disse.

Não, não, Philip não toma nenhuma medicação.

O vizinho, Hugh, procura o pulso. Põe as duas mãos sobre o peito de Philip e faz pressão. Conta em voz alta – um, dois, três, quatro – até 30.

Nina tenta contar em voz alta com ele – 19, 20, 21...

Ela tem dificuldade em produzir um som mais alto que um sussurro.

Pobre Hugh, ele não sabe o que dizer – algo como um desfibrilador, só que já é tarde demais. O guardanapo do jantar ainda está pendurado em seu cinto e ele só o nota agora. Corando levemente, o tira de lá.

Não. Ele não deve telefonar para ninguém.

Nina correu para a casa ao lado para chamá-lo justamente quando ele e sua esposa, Nell, estavam se sentando na cozinha para jantar. O cão deles, um velho labrador amarelo, levanta-se e começa a latir para ela; no andar de cima, uma criança começa a chorar. Eles têm dois filhos, um deles com um mês de vida. Uma menina chamada Justine. Um ou dois dias depois de Nell voltar para casa do hospital, Nina foi lá com uma travessa de lasanha e um suéter cor-de-rosa e uma touca combinando para o bebê. Parece que foi muito tempo atrás.

Telefone para nós a qualquer hora, diz Hugh. Nell e eu... A voz dele vai sumindo.

Sim.

Sim, sim, eu telefonarei.

E telefone para o seu médico. Ele precisará dar o atestado de óbito.

Sim, farei isso de manhã.

Você está bem...? Mais uma vez a voz dele vai sumindo.

Sim, sim. Quero ficar sozinha.

Obrigada.

Obrigada, diz novamente.

Ela ouve a porta da frente se fechar.

Bradicardia.

O nome lhe lembra uma flor. Uma alta flor azul.

Iris.

Um nome fora de moda.

O nome da mulher morta no acidente de carro. Ela deve ter sido bonita, imagina Nina. Magra, loira. Ambos são jovens – Iris só tem 18 anos e ele a está levando para casa após uma festa. Chove muito – talvez Philip tenha tomado um drinque a mais, mas não está bêbado. Não. Em uma curva, perde o controle do carro – talvez o carro tenha derrapado, ele não se lembra, como não se lembra de quando a polícia o interrogou. Eles bateram em um poste telefônico. Iris morreu instantaneamente. Philip, por outro lado, nem se feriu.

Nina se pergunta com que frequência Philip ainda pensa em Iris. Terá pensado nela antes de morrer? Pensou que poderia ter tido uma vida mais feliz se tivesse se casado com ela? De certo modo, Nina inveja Iris. Iris permaneceu jovem e bonita para sempre na mente de Philip, enquanto ele só tem de olhar para Nina para ver como a pele dela está enrugada, seus cabelos – antes castanho-avermelhados ou ruivos dependendo da luz – estão grisalhos, seus seios perderam a firmeza.

Philip falou do acidente na sua lua de mel, a caminho de Puerto Vallarta.

Só quero que saiba que isso aconteceu comigo, diz.

Também aconteceu com Iris é o que Nina tem vontade de dizer, mas não diz.

Demorei muito tempo para aceitar e superar isso, observa ele.

Como você superou isso?, Nina quer perguntar.

Foi uma coisa terrível.

Sim.

Agora não quero mais pensar sobre isso, diz ele.

E não quero mais falar sobre isso. Entende, Nina?

Nina responde que sim, mas não entende.

Como ela era? Iris?, pergunta Nina, apesar do que ele disse. Tenta parecer respeitosa. Ela era do Sul? Iris é um nome muito incomum.

Ela era musicista, responde Philip.

Ah. O que ela tocava? Piano?

Philip não responde.

Quando Nina chega pela primeira vez a Paris, no aeroporto, vê um homem na frente dela na fila da imigração tirar do dedo sua aliança de casamento, e prendê-la no forro de sua pasta de couro com um alfinete de segurança que deve manter ali para esse objetivo.

E quanto à sua esposa?, deseja gritar.

Às vezes, ela acusa mentalmente Philip de perder sua aliança de casamento de propósito.

A garganta de Nina está seca; ela tem dificuldade em engolir. Lá embaixo, as luzes estão acesas. Ela vai até o armário do corredor, que está repleto de casacos. Os dela, os dele – um casaco de lã azul-marinho, uma parca, um casaco com capuz, uma capa de chuva, um velho casaco esportivo amarelo vivo. O casaco esportivo deve ter 25 anos. Ela se lembra de como Philip ficou orgulhoso quando o comprou. Disse que foi em uma liquidação e duraria a vida toda. Tinha razão. Agora o amarelo desbotou e o colarinho e as mangas estão desgastados. Sem pensar, ela o tira do armário e veste. Puxa cuidadosamente o zíper para cima. Põe as mãos nos bolsos. Papéis. Contas, uma lista de coisas a fazer: *revisão no carro, telefonar para George sobre o vazamento no porão, banco, pegar ingressos para concerto*. Nina percebe que a lista é de vários meses atrás; no outro bolso há moedas, clipes para papel e um canhoto de ingresso.

Ela entra na sala de jantar. O frango, as batatas frescas e a salada estão sobre a mesa. Frios, esperando. Nina começa a retirar um prato e muda de ideia. Amanhã, pensa. Amanhã terá muito tempo para retirar as coisas, lavar a louça, fazer... ela não consegue lembrar o quê. Em vez disso, pega a garrafa de vinho com a rolha presa. Mais uma vez tenta puxá-la, mas não consegue. Droga, diz para si mesma. Vai para a cozinha e pega uma faca. Com o cabo, empurra a rolha para dentro e se serve de uma taça de vinho.

Ainda segurando a faca, uma faca de cozinha afiada, faz um movimento como se para cortar sua garganta. Vendo de relance seu reflexo no espelho da sala de jantar, balança a cabeça.
O que Louise pensaria?
Segurando a taça de vinho, volta para o andar de cima.

Lá fora, o som de uma sirene de carro de polícia. Da janela do quarto, ela vê uma luz brilhar na escuridão, passar rapidamente pela casa e desaparecer. Pensa no carro cheio de adolescentes tocando música alta e imagina que bateu em uma árvore, os cacos de vidro brilhantes do para-brisa, a fumaça saindo do capô e alguém gritando no banco traseiro.
Outra sirene. Outro carro de polícia passando.
Pobre Iris, diz para Philip.

O telefone toca de novo.
Louise.
Mais cedo, ela deixou uma mensagem para Louise. *Louise, querida. Aconteceu uma coisa. Telefone-me assim que puder.*
Pobre Louise.
A paixão de Philip.
Uma jovem bonita, cheia de vida e obstinada parecida com ele – alta, morena, com os mesmos olhos cinza. Nina deve atender o telefone.
Alô, diz, pegando o telefone no quarto.
Louise?
Seja quem for, desligou.

Engano. No escuro, Nina olha para o identificador de chamadas, mas não há nenhum número.
Fica aliviada. Não quer contar a Louise.
São três horas a menos na Califórnia e ela imagina que Louise está jantando. Jantando com um homem jovem. Um homem bonito de quem ela gosta. Depois Louise não ouvirá suas mensagens, dormirá com ele.
Para Louise, Philip ainda está vivo.
Sorte dela.

Nina toma um gole de vinho, pousa o copo e pega a mão dele de novo. Está fria e tenta aquecê-la segurando-a entre as suas. Ela adora as mãos de Philip. Os dedos longos e ásperos. Dedos que a tocaram de todos os modos. Modos apaixonados nos quais ela não quer se permitir pensar – fazendo-a atingir o orgasmo. Ela aperta a mão contra os lábios.

Quando foi a última vez que fizeram amor?

Em uma manhã de domingo, algumas semanas atrás. Com a casa silenciosa, as cortinas fechadas e o quarto escuro o suficiente. Ela teme estar velha demais para o sexo. Além disso, o sexo exige mais tempo de Philip.

Em Paris também, no apartamento antiquado e fechado de Tante Thea na rue de Saint-Simon, onde, a caminho do quarto de Philip, ela esbarra nos móveis – mesas laterais, cadeiras de pernas finas e compridas, cristaleiras cheias de figuras de porcelana – e depois, na cama, Philip admite que estava nervoso. Sem

lhe contar por quê, diz que não faz amor há muito tempo. E que tinha medo de ter se esquecido de como fazer.
Você nunca esquece, como não esquece como andar de bicicleta, acrescenta Nina.
Isso ou seu comentário banal o faz rir e, tranquilizado ou pelo menos não tão nervoso, Philip faz amor com ela de novo.

Ele lhe foi fiel?
Ela pega o copo de vinho.

Além disso, sem pensar, põe a mão no bolso do casaco amarelo e tira uma moeda. Parece de um centavo.
Cara? Coroa?

"A probabilidade de um evento ocorrer quando só há dois resultados possíveis é conhecida como probabilidade binomial", diz Philip a seus alunos. "Jogar uma moeda para o ar, o que é o modo simples de resolver uma questão ou decidir entre duas opções, é o exemplo mais comum de probabilidade binomial. As probabilidades são escritas como números entre um e zero. A probabilidade de um significa que um evento é certo..."
Quando Louise está com 6 anos, começa a brincar de jogar uma moeda para o ar com Philip. Ela registra os resultados e as datas em um pequeno caderno de anotações cor de laranja, que guarda na gaveta de cima da mesa de cabeceira de Philip:

5 caras, 10 coroas – 10/10/1976
9 caras, 11 coroas – 5/3/1977
17 caras, 13 coroas – 9/2/1979

Quanto mais vezes você joga uma moeda para cima, Lulu, diz Philip a Louise, mais perto chega da média teórica de caras e coroas.

5.039 caras, 4.961 coroas – 5/3/1987

Para a última entrada, Louise usa uma calculadora.

"Outra coisa a lembrar, e a maioria das pessoas tem dificuldade em entender isso", continua Philip a dizer à sua classe enquanto tira do bolso uma moeda de um centavo e a joga para o ar, "é que, se o resultado é cara certo número de vezes, não será necessariamente coroa na próxima vez, como compensação. Um evento fortuito não é influenciado pelos eventos que ocorreram antes dele. Cada jogada para cima é um evento independente."

Cara, diz Philip a Louise.
Cara, de novo.
Cara.
Coroa, diz ele.

Em um impulso, Nina joga para o ar a moeda que encontrou no bolso do casaco de Philip. Está escuro demais para ver em que posição cai, e ela coloca a moeda em cima da mesa de cabeceira. De manhã lembrará de olhar:

Cara é sucesso, coroa é fracasso.
E registra a data no caderno de notas cor de laranja de Louise: 5/5/2005.
5, 5, 5.
O que significam esses três cincos? Gostaria de saber. Os números são as manifestações mais primitivas dos arquétipos. São inerentes à natureza. Partículas, como os quarks e prótons, sabem contar. Como ela sabe disso? Comendo, dormindo e respirando perto de Philip. As partículas podem não contar do modo como contamos, mas contam como um pastor primitivo contaria – um pastor que talvez não saiba contar além de três, mas sabe dizer imediatamente se seu rebanho de, digamos, 140 ovelhas, está completo ou não.
Nina também se lembra do exemplo do pastor analfabeto e de seu rebanho.

Ela bebe um pouco mais de vinho. Não come desde o meio-dia, mas mastigar alimentos parece uma tarefa impossível. Uma tarefa que ela poderia ter realizado muito tempo atrás, mas esqueceu como.

Nina gostaria de um cigarro. Não fuma há vinte anos. Contudo, a ideia de acendê-lo – o cheiro delicioso de carvão do fósforo riscado – e inalar a fumaça bem para dentro dos pulmões é reconfortante. Um dia ela e Philip fumaram.

* * *

No apartamento de Tante Thea, depois de fazerem amor pela primeira vez, eles fumam um cigarro, um Gauloise sem filtro. Passam-no um para o outro enquanto ficam deitados de barriga para cima nus na desajeitada cama de solteiro – o cinzeiro sobre o estômago de Nina. E mais tarde, quando começam a se beijar de novo, Nina se lembra de como Philip lambe um pedaço de papel de cigarro preso no lábio dela, e depois o engole. No momento, isso parece um gesto muito íntimo.

Como se exalando fumaça, Nina deixa escapar um longo e profundo suspiro.

Você é um espião?, pergunta. Trabalha para a CIA?

No começo, ela banca a difícil. Não pretende ser uma conquista fácil. Ainda não quer se apaixonar.

Não. Sim. Se é nisso que você quer acreditar.

Philip ganhou uma bolsa Fulbright e dá aulas de matemática na École Polytechnique.

E todas as garotas têm uma queda por você?

Ah, não há muitas garotas na minha classe. As poucas que há são cê-dê-efes. Philip faz uma cara de desagrado.

Há Mlle. Voiturier e Mlle. Epinay. Elas se sentam juntas e não dizem uma só palavra. Têm um cecê horrível.

Nina não contém o riso.

Eu tenho? Ela finge que vai cheirar sua axila.

Não. Que perfume você usa?

L'Heure Bleue.

Philip cheira levemente a camisas passadas.

Ele ainda tem esse cheiro.

* * *

Primavera. O tempo está quente, as castanheiras floriram e tulipas brilhantes desabrocham no jardim de Luxembourg. Durante as tardes, eles passeiam pelos cais à beira do Sena, à medida que o rio vai escurecendo, vendo os barcos de turistas passar.

Em uma dessas tardes, um barco projeta sua luz sobre eles, iluminando-os enquanto se beijam. A bordo, todos batem palmas, e Philip e Nina, um pouco sem graça, acenam para eles.

O que eu estava dizendo sobre se Deus existe ou não, continua Philip enquanto eles voltam a caminhar de mãos dadas, é que, segundo Pascal, somos forçados a apostar que Ele existe.

Eu não sou forçada a apostar, diz Nina, e acreditar em Deus e tentar acreditar Nele não é a mesma coisa.

Certo, mas Pascal usa a noção de ganho esperado para argumentar que deveríamos tentar levar uma vida religiosa em vez de uma mundana, porque se Deus existe seremos recompensados com a vida eterna.

Em outras palavras, a aposta tem tudo a ver com ganho pessoal, diz Nina.

Sim.

A caminho de casa, quando Nina atravessa a Pont Neuf, o salto de seu sapato fica preso e quebra. Ela quase cai.

Droga, diz, estraguei meu sapato.

Segurando o braço de Philip, ela manca pela rua.

Um sinal, diz.

Um sinal de quê?

De que eu levo uma vida mundana.

Balançando a cabeça, Philip ri.

* * *

Em um fim de semana prolongado, eles vão de carro para a costa da Normandia. Caminham pelas praias de desembarque e catam pedras – no ateliê de Nina, as enfileiram no peitoril da janela junto com pedras de outras praias. Em Colleville-sur-Mer, andam respeitosamente por entre as muitas filas de sepulturas brancas e bem cuidadas no cemitério americano.

Quantos?

São 9.387 mortos.

No caminho para La Cambe, o cemitério militar alemão, começa a chover.

Cruzes de Malta negras e lápides escuras simples com o nome dos soldados gravado marcam as sepulturas molhadas.

Mais do dobro de mortos – segundo a placa.

Por que viemos aqui?, pergunta Nina. E está chovendo, acrescenta.

Em vez de responder, Philip aponta. Olhe, diz ele.

Longe, para oeste, o céu está claro e há um fraco arco-íris.

Faça um pedido, diz Nina.

Já fiz, responde Philip.

Em suas viagens, eles sempre ficam em hotéis baratos – nenhum dos dois tem muito dinheiro. Fechando os olhos, Nina ainda pode ver os quartos com o papel de parede florido desbotado, a cama de casal desconjuntada com grossos lençóis de algodão e travesseiros desconfortáveis. Frequentemente há uma pia no quarto e Philip urina nela; o toalete e a banheira ficam no corredor ou em outro andar. Além disso, invariavelmente os quartos se localizam no andar superior, sob a aba do telhado, e se Philip se levantar rápido demais e se esquecer, bate com a cabeça. A única janela do quarto dá para um pátio com roupas penduradas, alguns vasos de gerânios e uma bicicleta velha de criança jogada no chão. Os hotéis cheiram a repolho ou couve-flor – *chou-fleur*.

Chou-fleur, repete Nina para si mesma. Gosta do som da palavra.

Em sua mente, ela e Philip sempre estão na cama.

Ou comendo.

Durante o jantar em um restaurante local, em meio a seus *entrecôtes* – *saignante* para ele, *à point* para ela –, suas *frites* e um jarro de vinho tinto, Philip fala sobre sua turma na École Polytechnique, sobre o que está ensinando – *nombres premiers, nombres parfaits, nombres amiables*.

Diga-me o que são, pede Nina, entre garfadas. Ela sempre está com fome. Quase morrendo de fome.

Eu já lhe disse, responde ele, servindo-lhe um pouco de vinho. Você não estava prestando atenção.

Fale-me de novo sobre aqueles de que gosto, os amigáveis.

Números amigáveis são números em que um é igual à soma dos divisores do outro. Duzentos e vinte e 284 são o menor par de números amigáveis e os divisores de 220 são – Philip fecha os olhos – 1, 2, 4, 5, 10, 11, 20, 22, 44, 55 e 110, cuja soma é 284, e os divisores de 284 são 1, 2, 4, 71 e 142, cuja soma é 220 – entende?

Imagine descobrir isso, diz ela, erguendo um garfo de *frites* no ar.

Quem descobriu?

Thābit ibn Qurrah, um matemático árabe do século IX.

Quantos números amigáveis existem?

Ninguém sabe.

E também há os números perfeitos – 6 é um número perfeito. Os divisores de 6 são 1, 2 e 3, cuja soma é 6.

Mas Nina havia parado de prestar atenção. A perfeição a interessa menos.

Você quer sobremesa?, pergunta ela. *Crème caramel* ou *tarte aux poires*?

Nina lhe fala sobre como, mais do que tudo, deseja pintar. Pintar como seu artista favorito, Richard Diebenkorn.

Suas naturezas-mortas e seus desenhos da figura humana. Conhece a obra dele?

Philip balança a cabeça.

Um dia eu lhe mostrarei.

Eles discutem, mas sem rancor, debatendo e trocando ideias.

Ambos gostam de arte abstrata. Às vezes Nina se esquece de que não conheceu Philip durante sua vida inteira, ou há anos.

Esse foi um tempo feliz e eles se casaram no outono.

Mais de 10% dos pensamentos diários são sobre o futuro, ou pelo menos foi o que Nina ouviu dizer. Uma pessoa passa no mínimo uma em oito horas por dia pensando em coisas que ainda não aconteceram. Isso não se aplica a ela. Não tem ne-

nhuma vontade de pensar no futuro. Para ela, o futuro não existe; é um conceito absurdo.
Nina prefere pensar no passado. Ontem, por exemplo. Tenta se lembrar do que ela e Philip fizeram ontem. O que disseram. O que comeram.

Qual foi a última vez que ela falou com Louise? Pelo telefone, Louise descreveu seu trabalho com a nova empresa na internet – uma promoção, um aumento, um motivo de comemoração. E ela, neste exato momento, está comemorando em seu restaurante japonês favorito? Nina imagina Louise falando animadamente com o jovem sentado na sua frente, usando habilmente seus palitos, pegando um caro pedaço de peixe cru e o pondo na boca.

Três semanas antes da data esperada, sozinha – Philip está em uma conferência em Miami – em seu apartamento no terceiro andar de um prédio sem elevador em Somerville, Nina acorda com contrações. Veste-se apressadamente, pega algumas coisas e telefona para pedir um táxi. A empresa não atende. Ela tenta cronometrar as contrações, mas mal tem tempo de se recuperar de uma antes de ter outra. Tenta novamente pedir um táxi, e mais uma vez a empresa não atende. Disca 911. Pela primeira vez, nota que está nevando. A neve gira em grandes redemoinhos de vento, cobrindo os carros estacionados, as árvores e a rua. Ela pega seu casaco e sua bolsa, e começa a descer a escada. Tropeça e cai vários degraus. Em um apartamento no andar de baixo, um cão começa a latir e ela ouve alguém gritar: *Cale a boca, droga.* Com um pouco de medo, alguém aparecerá e a encontrará, ela prende a respiração. No hall de entrada do prédio, sua bolsa d'água estoura e o líquido escorre para o chão de linóleo rachado. Alguns momentos depois, ela vê um carro parar e, coberto com um chapéu e casaco, um policial correr para a porta. Com o rosto rosado devido ao frio, ele parece jovem – mais jovem do que ela. O policial a leva para fora, para a neve, segurando-a por baixo de seus braços, para que ela não escorregue com seus frágeis mocassins de couro – os únicos sapatos que ainda lhe servem, de tão inchada que está – enquanto se dirigem ao carro.

Nina fica deitada no banco traseiro do carro de polícia, com uma grade a separando, como uma criminosa, da nuca e dos ombros do jovem policial que está dirigindo. As ruas não foram limpas, estão cobertas de vários centímetros de neve fresca e ela está consciente do reflexo assustador da luz azul do carro, iluminando-a em flashes surreais. O policial fala com alguém pelo rádio: *dez-quatro*, repete enquanto dirige; quando tem de usar o freio, o carro derrapa para o lado. Um caminhão com correntes passa ruidosamente por eles na direção oposta, e Nina, momentaneamente iluminada pelos faróis do caminhão, vê o olhar surpreso do motorista. Louise está quase lá.

Ela se pergunta: como é o homem jovem no restaurante com Louise?

Ele se parece com Philip?

* * *

Philip tem uma memória fotográfica. Lembra-se perfeitamente de nomes, lugares e quase todas as refeições que fez – principalmente das boas. É capaz de citar passagens inteiras de livros e recitar poemas de cor: *A balada do velho marinheiro*; *Paraíso perdido*; os discursos de Shakespeare: *O inverno do nosso descontentamento/foi convertido agora em verão glorioso por este sol de York*
– Nina ouve a voz dele assumindo um tom sonoro junto com o sotaque inglês. Ele consegue recitar longas partes em latim que aprendeu quando era criança.

Um truque, afirma Philip. Só é preciso fazer uma associação entre as palavras e uma imagem visual posicionada no espaço. Os gregos sabiam fazer isso. A história de Simónides é um exemplo clássico.

Certa vez você me contou, mas esqueci, diz Nina.

Simónides foi contratado para recitar um poema em um banquete, mas, quando terminou, seu anfitrião, um nobre, recusou-se a lhe pagar conforme prometera alegando que, em vez de elogiá-lo no poema, Simónides elogiara Castor e Polux, e por isso deveria pedir aos dois deuses que lhe pagassem. Então disseram a Simónides que havia dois homens à sua espera e ele saiu da sala de banquete, mas quando chegou lá fora...

Agora me lembro, diz Nina. Não havia ninguém, mas o telhado da sala de banquete desabou, matando todos. De tão destroçados, os corpos dos convidados ficaram irreconhecíveis, mas como Simónides tinha uma memória visual de onde cada um deles estava sentado, pôde identificá-los. Lembro-me de que você me contou essa história em Belle-Île, em um verão. Estávamos em um café perto do porto. Acho que esperando a balsa e Louise. É exatamente isso que eu quero dizer, observa Philip, sorrindo.

Fechando os olhos, ela pode ver a casa em Belle-Île. Uma casa antiga colorida. Um lado é pintado de vermelho; as persianas também são vermelhas, mas de um tom mais intenso e escuro. As paredes de gesso têm 30 centímetros de espessura e os tetos são rebaixados. Hortênsias azuis formam uma densa cerca viva ao redor da casa.
A casa parece a bandeira francesa, diz Philip.
De Quiberon, eles pegam a balsa. Frequentemente o mar está agitado e a embarcação sacode de um lado para outro, lançando água para o alto até as janelas das cabines onde os passageiros estão sentados e impedindo a visão da ilha que se aproxima. Um dia Nina vê um fazendeiro tentando levar um cavalo e uma carroça para a embarcação. O cavalo, batendo ruidosamente os cascos e produzindo faíscas, a princípio se recusa a pisar na rampa de metal. A maré está baixa e a rampa é íngreme, e ele empina e quase parte seu arreio. É um cavalo branco grande e durante toda a viagem para Belle-Île Nina o ouve relinchar sob o convés.
Há quase vinte anos eles alugam a mesma casa. Ela pertence a um casal local que a foi reformando e modernizando aos poucos ao longo dos anos, de modo que a cada verão há algo novo – um fogão, uma geladeira, um banheiro, cortinas. Mesmo com mau tempo, quando Philip e Nina são forçados a ficar dentro

de casa, isso faz pouca diferença para eles. A vida na ilha é simples, a comida farta: ostras, lagosta, todos os tipos de peixes; todas as manhãs, há uma feira na cidade. Nina compra vegetais, pão, o queijo local – um queijo de cabra, com um sabor forte e picante. Ela e Philip nadam, se sentam ao sol, leem; em um verão, leram toda a obra de Proust em francês: *Longtemps, je me suis couché de bonne heure. Parfois, à peine ma bougie éteinte, mes yeux se fermaient si vite que je n'avais pas le temps de me dire "Je m'endors"*. Philip pode recitar muitas e muitas páginas de cor. Nas tardes em que o vento está bom, ele sai para velejar e ela para pintar – ou tentar, pelo menos.

É notório que Claude Monet passou um verão em Belle-Île. Um pôster emoldurado de seu quadro das rochas ao largo da costa do Atlântico – rochas que parecem animais pré-históricos com cabeças pontudas e perigosas para fora da água – está pendurado no ateliê de Nina. Ela olhou longa e fixamente para o quadro e as rochas, que também deseja pintar. Particularmente o mar. Como parece ameaçador no quadro de Monet e calmo e sem vida no dela! O mar de Nina parece sopa. Finalmente ela desiste e o destrói. Mais tarde, de volta a sua casa, pinta a mesma cena abstratamente. As rochas são linhas marrons verticais, o mar é azul e verde, e há faixas horizontais vermelhas. O quadro fica quase bom.

Louise aprende a nadar e andar de bicicleta em Belle-Île. Alguns anos depois, Philip a ensina a velejar.

Você precisa ver como Lulu iça a vela triangular, vangloria-se Philip. Demora vinte segundos. Ele se orgulha dela.

Nina tem um caso amoroso em Belle-Île, mas não quer pensar nisso.

Não, não agora.

A casa fica a poucos passos do mar. A primeira coisa que ela faz quando chega todos os verões é descer para a praia. A água fria produz um choque, mas é estimulante, e depois da longa viagem a faz se sentir limpa.

Jean-Marc.

Foi a primeira vez que você cruzou o Atlântico?, pergunta Nina, quando o conhece.

Ele participou de uma regata solo de Belle-Île para uma ilha no Caribe, e venceu. Uma comemoração de sua vitória está pendurada em um restaurante local.

Louro, forte e não muito alto – não mais do que Nina –, ele tem olhos azul-claros, como os de um cão. Um husky. Ou do azul do Caribe. É um pouco mais novo do que Nina.

Não, não, ri ele. Essa foi minha terceira viagem através do Atlântico.

Ah. Ela olha para o outro lado, sem graça.

Em pé ao lado de Jean-Marc, sua mulher, Martine, sorri para ele.

Depois Philip faz um monte de perguntas para Jean-Marc. Que tipo de velas? Ele tem radar? Loran? O quanto é exato?

Loran, Nina ouve Philip dizer, sofre os efeitos ionosféricos do nascer e do pôr do sol, e não é confiável à noite.

Os sistemas de navegação nunca foram um problema para mim. Mas a natureza sim, responde Jean-Marc. A natureza pode causar muitos problemas. Dois anos atrás, quando eu estava no meio do Atlântico, uma baleia se aproximou do meu barco. Primeiro nadou de um lado do barco e depois mergulhou por baixo dele e desapareceu por alguns minutos – Jean-Marc faz com as mãos o movimento de uma baleia mergulhando – antes de reaparecer do outro lado. Ela estava brincando comigo. Continuou a fazer isso durante dois dias e duas noites – eu conseguia ver seus pequenos olhos brilhando, para mim, no escuro, diz Jean-Marc, balançando a cabeça. Isso me torna – como vocês dizem? – *complètement fou*.

Em francês baleia é feminino, *la baleine*, explica Philip para Nina, imitando o sotaque e os gestos de Jean-Marc enquanto reconta a história.

Eu sei, diz ela.

Je sais.

A segurança de Philip sempre a surpreende. Não é arrogância, mas uma certeza – baseada em parte em princípios antigos e em parte em inteligência – de que ele tem razão, e geralmente tem. Para Nina, isso é ao mesmo tempo confortador e irritante.

Também é estranho, reflete Nina talvez pela centésima vez, que Philip, nascido e criado a centenas de quilômetros do mar, tenha se tornado tão fã de velejar. Ninguém da família dele é.

Isso começou remando no rio Charles, conta ele a Nina. Então um dia, no fim de semana de um feriado de Memorial Day, meu colega de quarto me levou para andar no barco da família dele, um brigue de 33 pés chamado *Mistral* – eu não sabia a diferença entre bombordo e estibordo – e velejamos para Martha's Vineyard. O vento estava certo, e nunca me esquecerei de como me senti em paz naquela noite, deitado no convés olhando para as estrelas e ouvindo o som da água batendo no casco. De um modo estranho, aquele foi um momento – como descrevê-lo? – em que me senti totalmente em conexão. Em conexão com o mundo e o universo.

Talvez você estivesse iluminado, diz-lhe Nina.

Isso não é muito provável, responde Philip.

Naquele momento e lugar quase decidi mudar minha especialização de matemática para astronomia, e jurei para mim mesmo que um dia também teria um barco.

Lá embaixo, no porão, há um aparelho de remo, e há anos Nina raramente ouve seu chiado. Ela começou uma campanha para jogar o aparelho fora. Um aparelho obsoleto e inútil, diz. Um risco de incêndio.

Agora pode jogá-lo fora.

Ela dá uma olhada rápida e quase furtiva para fora da janela. A noite parece muito escura e silenciosa. Não consegue ver mais nenhuma estrela. Qual é a frase que Philip gosta de citar? *Prefiro um astrônomo corajoso a um astro decoroso.* Ela discorda. Prefere um astro a uma invenção.

Deve estar tarde, conclui.

Precisa pegar mais vinho. Dessa vez trará a garrafa para cima.

Ele não se importará, pensa.

"Em geral", poderia Philip dizer, se fosse transformar a infidelidade dela em um exercício de sala de aula, "se eu estivesse certo de que minha mulher não está tendo um caso amoroso, a probabilidade desse evento seria 0; mas, se eu descobrisse que ela está tendo um caso amoroso, a probabilidade seria 1. A medida numérica da probabilidade pode variar de 0 a 1 – da impossibilidade à certeza. Portanto, a probabilidade de minha mulher estar sendo infiel seria de 1 em 2, porque só há duas possibilidades: a de ela estar tendo um caso amoroso ou não."

Em uma tarde, quando ela e Jean-Marc estão na cama, alguém bate à porta da frente e grita o nome de Nina – a senhoria, para checar a geladeira nova ou deixar um pouco de alface fresca de sua horta.

Un moment, grita Nina de volta. *J'arrive.*

Apenas parcialmente vestido e segurando seus sapatos em uma das mãos, Jean-Marc sobe na janela do quarto. Pula e cai diretamente sobre os pés. No momento seguinte, salta sobre a cerca viva de hortênsias e desaparece.

Jean-Marc tem o corpo rijo e musculoso de um ginasta.

"Mas deixe-me dar outro exemplo", continua Philip. "A probabilidade de uma pessoa atravessar uma rua com segurança também é de 1 em 2, porque mais uma vez só há dois resultados possíveis: atravessar com segurança ou não. Mas o problema com esse argumento é que os dois resultados possíveis – atravessar com segurança e ser atropelado – não são igualmente prováveis. Se fossem, as pessoas não desejariam atravessar a rua com muita frequência ou, se a atravessassem, muitas se feririam ou morreriam. Então é aí que reside a falácia. A definição fornecida por Fermat e Pascal só se aplica se pudermos analisar a situação com resultados igualmente possíveis, o que me leva de volta ao meu exemplo original – e para sossegar suas mentes" – alguns alunos riem –, "como sei que minha esposa é uma mulher fiel e amorosa, ela não tende a ser infiel e a ter um caso amoroso."

Riso geral e aplausos.

Confiança é uma palavra em que temos de confiar muito, também diz Philip à sua turma.

Iris de novo.

Iris, como Philip, nascera em Wisconsin? Uma beleza loira de origem escandinava com cabelos tão louros que eram quase brancos. E ela é um prodígio musical. Nina leu sobre crianças que aprendem a tocar piano aos 3 anos de idade, compõem suas primeiras peças aos 5, debutam como solistas aos 7 – Iris era uma delas? Nina a imagina pequena e séria, com um arco nos cabelos, sentada na banqueta do piano de cauda Steinway, pondo os pés nos pedais enquanto começa a tocar. Suas mãos pequeninas se movem rápida e seguramente; o som que produz é enérgico. Ela toca a polonesa de Chopin favorita de Philip – Nina pode ouvir a melodia em sua cabeça – que promete redenção e celebra o heroísmo polonês. Eles foram namorados no ensino médio e dormiram juntos? Talvez Iris tenha acabado de descobrir que está grávida. Há dois meses não menstrua e agora sempre vomita seu café da manhã. Tomou coragem para contar a Philip no carro, ao voltarem para casa da festa. O que foi o motivo de ele sair da estrada.

Nina se inclina sobre Philip. Toca-lhe o rosto de leve. Como isso pode ter acontecido? Como pode ser?
Philip é tão forte, tão saudável, tão... – ela tenta encontrar as palavras certas – tão engajado na vida!
Volte, sussurra. Por favor, volte.
Como ele pode deixá-la?
Sem dizer adeus.
Sem uma só palavra.
Por favor, implora.
Pondo a cabeça no peito dele, ela escuta.

Em casa, em algumas noites, Philip gosta de ouvir música e pegá-la nos braços e rodopiar com ela, em uma rápida dança ao som de "La vie en rose", no hall da frente, passando pelo porta-guarda-chuva, pelo armário cheio de casacos e pelo pastel do navio com a proa na forma da cabeça de um cão.

* * *

A cabeça de Nina fica na altura da clavícula de Philip, e ela sente o coração dele batendo.

Os sapatos de Philip estão no chão, perto da cama. Oxfords marrons antiquados e gastos. Ela deveria pegar os sapatos e colocá-los no armário. Não, ela os deixará ali.
    Nina recolhe as coisas que Philip deixa espalhadas. Isso a aborrece – não, pior: a enfurece. As meias e cuecas deixadas para ela pegar, pendurar, pôr no cesto de roupa suja. Primeiro o repreende, mas depois, entediada com seu próprio tom queixoso e a inutilidade de suas palavras, para.
    Leu em algum lugar que a falta de ordem em um homem é um sinal de que a mãe dele o estraga com mimos. No caso de Philip, nem tanto.

Alice, a mãe de Philip, mora a 32 quilômetros de distância, em um lar para idosos. Na última vez em que Nina e Philip a visitaram, Alice não soube ao certo quem eles eram. Sempre gentil, conversa sobre pessoas de quem Nina nunca ouviu falar: Rick, que construiu uma lareira de tijolos – Rick rima com *brick (tijolo)* – bobagem. Nina deixa sua mente divagar. Ela levou tulipas do jardim, o que agrada à mãe de Philip.
    Sempre gostei de buganvílias, diz Alice a Nina.
    Tulipas, mãe, tenta corrigi-la Philip. Tulipas do nosso jardim.

Francis, meu marido, adorava buganvílias, continua Alice. Nosso jardim em Ouro Preto era cheio de buganvílias.

Ouro Preto? Onde fica isso?, pergunta Nina, prestando mais atenção.

No Brasil, responde Philip. Eu contei a você que um ano depois de eles se casarem, antes de Harold e eu nascermos, ela e meu pai passaram um ano no Brasil. Ouro Preto era originalmente uma cidade de mineração, de onde vem seu nome. Agora há uma universidade lá. A cidade é cheia de igrejas barrocas ornamentadas – vi as fotos que eles tiraram. Meu pai estava fazendo algum tipo de pesquisa ali. Depois eles passaram um ano no México.

Estranho do que ela se lembra, acrescenta Philip.

Você gostou de morar em Ouro Preto?, pergunta Nina para Alice, inclinando-se para frente. Sente uma onda de ternura pela velha senhora sentada na cadeira de rodas vestindo um robe azul desbotado, e cujo rosto pálido e enrugado subitamente ganhou vida.

Ah, sim, diz Alice. Lembro-me de que todos os dias, ao entardecer, depois que Francis terminava seu trabalho, subíamos as colinas, de onde podíamos avistar toda a cidade abaixo de nós. Dava para ver as torres douradas das igrejas brilhando ao sol poente. Lembro-me de que tínhamos um cachorrinho. Ela sorri. O nome dele era Kilo.

Que tipo de cão?, pergunta Nina. Quer que Alice se lembre.

Um cãozinho que encontramos na rua. Era preto e marrom.

E branco, acrescenta Alice antes de fechar os olhos.

É difícil imaginar sua mãe jovem em Ouro Preto, diz Nina no carro, a caminho de casa.

Mas ela imagina, facilmente.

Alice usando uma saia larga, blusa campesina bordada e sandálias, seus cabelos escuros batendo na cintura. Ela caminha de mãos dadas com Francis pelas ruas de paralelepípedos de Ouro Preto, com o cão puxando a guia. Quando eles chegam às colinas acima da cidade, sentam-se por um momento debaixo de uma árvore. Talvez façam amor, com Francis erguendo a saia larga de Alice enquanto Kilo late excitadamente ao redor. Só é difícil imaginar Francis, um homem formal e cortês, fazendo sexo.

Do que você está rindo?, pergunta Philip, virando-se para olhar para ela.

De nada.

Por que, pergunta-se Nina, ela sempre tem de imaginar pessoas fazendo sexo?

Philip raramente fala sobre seus pais. Não por algum tipo de ressentimento, mas por uma espécie de *pudeur* – uma reserva. Seus pais também eram reservados e contidos. Quase nunca erguiam a voz, raramente se zangavam. Na presença deles, Nina sempre se sentiu muito barulhenta e espalhafatosa, muito frívola, embora realmente não seja nada disso.

Francis, o pai de Philip, era professor de antropologia; como Philip, era alto e esguio, mas tinha um grosso bigode branco que escondia seu lábio superior. Durante alguns meses, quando eles moravam em Berkeley, Philip deixou crescer um bigode.

* * *

Estou curioso. Só quero ver como é. Não se preocupe, vou raspá-lo logo, promete ele a Nina. Mas não raspa.
Parece estranho quando você me beija. E a comida fica presa nele, é anti-higiênico, diz Nina.
Ela acha que ele deixou o bigode crescer para irritá-la.
Além disso, Philip adquiriu o hábito de acariciá-lo.
Ele faz você parecer estranho e me deixa sem graça na frente dos meus amigos, diz-lhe Louise. É ela, não Nina, quem convence Philip a raspá-lo.
O que ela dirá a Alice agora?
Nina tenta se lembrar de há quanto tempo o irmão de Philip morreu. Cinco, seis, talvez sete anos. Perdeu as contas. Pobre Harold. Baixo, jovial, o filho do leiteiro, ele dizia piadas pelas costas do pai. Harold se casou e divorciou da mesma mulher duas vezes, o que o tornou ainda mais sujeito à ridicularização.
Com que frequência isso acontece?, quer Nina saber.
Mais do que você imagina, responde Philip.
Você tem de ser um otimista.
Ou amnésico.
Harold foi piloto de uma companhia aérea e voou por todo o país, até ser demitido. Bebia demais e morreu de cirrose hepática. No casamento de Nina e Philip, ele desmaiou, e Laura, uma das madrinhas de Nina, o encontrou deitado de barriga para cima na grama molhada, com a braguilha aberta e o pênis para fora.
Nina se serve de mais vinho.

* * *

A maioria das funções matemáticas, diz-lhe Philip, são classificadas como bidirecionais, porque são fáceis de fazer e desfazer, como a adição e a subtração. Como acender e apagar uma luz é uma função bidirecional. Uma função unidirecional é mais complicada, porque, embora possa ser fácil de fazer, você não consegue desfazer. Como quando mistura tinta e não pode desfazer isso, ou quebra um ovo e não pode pô-lo inteiro de volta na casca. Como abrir uma garrafa de champanhe – dessa vez Nina está prestando atenção –, você não pode pôr a rolha de volta na garrafa. Ou como ter um bebê.

Por conta da tempestade de neve, o voo de Philip para Miami é cancelado. Ele tem de esperar várias horas antes de as pistas do aeroporto de Logan serem limpas e voltar para casa.

Fiquei desesperado. Não conseguia me sentar quieto ou ler, diz ele a Nina quando chega ao hospital, ofegante e com o casaco abotoado errado. Sabia que vocês duas estavam bem, mas queria estar com você. Queria vê-la imediatamente.

Ele está segurando nos braços Louise, que nascera na véspera. Há lágrimas em seus olhos.

Ela toca o rosto de Philip – está mais frio agora. Passa os dedos pela cicatriz ligeiramente elevada na testa dele; toca-lhe o lóbulo da orelha, o pescoço e os ombros. Põe novamente a cabeça em seu peito. Ele está totalmente imóvel. Mas o que acontece, pergunta-se, quando as pessoas morrem de modos cataclísmicos, em explosões ou acidentes de avião, e seus corpos desaparecem totalmente ou se tornam cinzas, etéreos – uma palavra de que sempre gostou – ou simplesmente átomos? Elas ainda são pessoas mortas? Isso a leva à esfera difícil da metafísica. Uma esfera em que não ousa entrar.

E quanto à alma de Philip? A alma dele partiu e agora está flutuando em algum lugar no éter, procurando um lugar para ficar?

Lá fora o vento chega em fortes rajadas e ela ouve os galhos das árvores balançando; a veneziana bate de novo. Duas vezes seguidas.

Várias tardes por semana, Philip veleja com Jean-Marc. Jean-Marc é uma boa companhia, inteligente e sério, diz Philip a Nina. Planeja abrir uma escola de vela em Belle-Île, e Philip lhe dá conselhos sobre negócios. Em troca, Jean-Marc lhe ensina muito – não só sobre velejar, mas também sobre o mar, as marés e a região.

Você terá de vir conosco, diz Philip a Nina. Escolherei um dia bom, em que não esteja ventando muito. Garanto que você gostará. E, com Jean-Marc a bordo, se sentirá segura, acrescenta.

Sim, talvez, responde Nina, ainda não muito ansiosa por velejar.

Mas ela prefere ficar em casa, ler, tomar banho de sol, nadar. Às vezes trabalha um pouco no jardim, podando as hortênsias.

Além disso, naquele verão começou a pintar aquarelas. Tenta pintá-las rapidamente; não deseja hesitar.

Como isso começa? Eles estão jantando no La Mère Irène, um restaurante popular em Sauzon. O jantar é ruidoso, animado. Jean-Marc é um frequentador habitual do lugar, uma espécie de herói. Conhece todo mundo – o chef, as garçonetes, os outros clientes. Eles gritam uns para os outros por cima das mesas; a comida é regional e barata. Todos bebem muito vinho.

Philip está explicando o paradoxo de Zeno. Ela não se lembra mais por que ou como o assunto surgiu, mas se lembra de que está usando um vestido de verão de frente única com uma estampa vermelha de zigue-zague e jogou um suéter de algodão branco sobre os ombros; está comendo *moules*, cozidos em alho e vinho branco, e *frites*.

Isso sugere que eu nunca posso atravessar um espaço, diz Philip, segurando sua taça de vinho e apontando para o outro lado do restaurante – ele parece um pouco bêbado –, porque teria de passar por um número infinito de pontos antes de alcançá-lo. Também significa que eu não poderia percorrer nenhuma distância e o próprio movimento seria impossível. Contudo, é claro que posso me mover, diz ele quase gritando, motivo pelo qual acredito que a infinidade, embora seja um conceito elegante e importante na matemática, não se sustenta no mundo físico. Não conheço nenhuma solução simples para o paradoxo de Zeno, mas sei que posso atravessar esta sala.

Para demonstrar, Philip pula para fora de sua cadeira. Ele a derruba e cambaleia quando tenta ficar sobre uma perna – a perna cuja fratura não se consolidou do modo certo – e perde o equilíbrio. Cai pesadamente, cortando a testa com sua taça de vinho.

Martine começa a gritar.

As feridas na cabeça sangram muito, diz Philip, apertando um guardanapo contra a sua, e depois outro.

Jean-Marc os leva a uma pequena clínica em Le Palais e espera enquanto o médico de plantão retira os cacos de vidro e sutura a cabeça de Philip. O médico insiste em que Philip passe a noite na clínica para poder ser observado, embora garanta a Nina que o risco de uma concussão é baixo.

É só por precaução, diz ele.

Jean-Marc a leva de carro para casa.

Nina nota que há manchas de sangue na frente de seu vestido de frente única. Também se preocupa com seu hálito – teme que cheire a alho. Além disso, tarde demais, percebe que seu suéter de algodão branco escorregou de seus ombros e agora está esquecido no chão do La Mère Irène.

Zeno, diz Jean-Marc, rindo e balançando a cabeça, e desamarrando seu vestido de frente única.

Onde, tenta ela pensar, estava Louise naquele verão?

Deve ter sido o mesmo verão em que Louise implora a Philip e Nina que a deixem ir a uma colônia de férias para garotas em New Hampshire.

E quanto a Belle-Île? E quanto a navegarmos juntos? Philip reluta em consentir.

Todas as minhas amigas vão. Por que não posso ir?
Não vou para a França. Detesto a França, acrescenta Louise.
Olhe, vou lhe dizer uma coisa, Lulu. Jogaremos uma moeda para o alto. Se der cara, você vai para a colônia de férias, se der coroa vai para a França.
Isso não é justo.
Por quê?
Pai, por favor.
Em lágrimas, Louise sai correndo da sala.
Philip joga uma moeda para o ar, ampara sua queda com a palma de uma das mãos e a cobre com a outra. Cara, grita ele para Louise. Cara, Lulu – você vai para a colônia de férias.
Deixe-me ver, diz Nina.
Deu coroa.

Tremendo, ela abraça a si mesma. A sensação produzida pela textura áspera do casaco é um pouco confortadora. Ainda ouve o vento soprando lá fora e o quarto está bastante escuro.
Philip é uma silhueta na cama.
Volte, diz para si mesma. Volte.

Nina pode sentir os braços dele ao seu redor. A respiração quente de Philip em seu pescoço. Suave, provocante, familiar. Eles se divertem juntos. Riem muito. Rir é o segredo de um bom casamento?, pergunta-se.
Eles se conhecem muito bem.
Era justamente o que eu estava pensando, diz Nina.

Você lê minha mente, diz Philip.
É a comida que eles comem? O ar que respiram?
Certa vez eles tiveram um sonho quase igual.
Nina sabe do que ele gosta na cama, o que lhe agrada; Philip sabe o que lhe agrada, o que lhe dá um orgasmo. Isso não é complicado, não é estranho, não é constrangedor. Às vezes talvez seja previsível demais, mas à medida que eles vão envelhecendo e suas opções diminuem, é um conforto. Ambos estão gratos. Ambos estão gratificados.

Começou a chover, e a chuva bate de leve no vidro. Nina vai até a janela e a abre. Inclinando-se para fora, deixa a chuva cair em seu rosto. Uma garoa purificante, e ela respira profundamente. Imagina a grama, as plantas e as árvores crescendo e se tornando mais verdes.

Por um momento, deseja saber se as janelas de seu ateliê estão fechadas. Não importa. As três telas em que está trabalhando mostram céu e água. Difícil dizer onde a água termina e o céu começa. Ela usa muita tinta branca. Branca e amarela, e um pouco de tinta azul. Só um pouquinho de azul. Tanto o mar quanto o céu parecem peças de tecido atiradas para baixo a esmo. As pinturas devem ser um tríptico.

Um tríptico?
Quanta presunção.
Quem ela pensa que é? Hans Memling? Francis Bacon?
Amanhã, a primeira coisa que fará será destruir as telas.

* * *

Um carro passa devagar, seus faróis indistintos na chuva. Relutantemente, Nina fecha a janela e as cortinas antes de voltar a se sentar perto dele.

Philip dirige rápido demais. Frequentemente está distraído. Olhe, diz ele, com uma das mãos no volante e a outra apontando. Uma árvore. Um lindo campo. Preste atenção, responde ela. Um caminhão faz a curva. Um caminhão. Parte dela sente – e parte tem certeza – que, como Iris, morrerá em um acidente de carro. Isso será uma terrível coincidência. Mas não é verdade que os eventos tendem a se repetir? Como um assassino que se inspira em outro. Se há um desastre de avião, logo há mais dois.

"E qual seria a probabilidade de uma tragédia dessas voltar a ocorrer?", poderia ele mais tarde perguntar à sua classe, enquanto escreve uma equação no quadro-negro. "A distribuição de probabilidade do número de ocorrências de um evento em que n é o número de sucessos e N o número de tentativas que acontecem raramente, mas têm muitas oportunidades de acontecer, é chamada de distribuição de Poisson, em homenagem a um matemático francês, Siméon-Denis Poisson" – Philip se interrompe para escrever o nome no quadro-negro –, "e isso também é conhecido como a lei de números pequenos ou raros, que Ladislaus von Bortkiewicz" – novamente se vira para o quadro-negro para escrever o nome – "tornou famosa quando, em 1898, publicou um livro, *The Law of Small Numbers*, em que, durante um período de vinte anos, registrou o número de soldados do 14º Regimento de Cavalaria prussiano mortos por coices. Isso é comumente conhecido como os dados sobre coices de cavalos na Prússia e mostra que os números seguem uma distribuição de Poisson."

Nina visualiza isso perfeitamente. A chuva caindo em cascatas escuras, os limpadores mal conseguindo dar conta do para-brisa, a estrada invisível, exceto pelas trêmulas luzes traseiras vermelhas dos carros logo à frente. Dos dois lados deles, caminhões passam formando enormes ondas, e finalmente a estática é tanta que ela desliga o rádio.

Deveríamos comprar limpadores de para-brisa novos, diz ela, para diminuir a tensão que sente.

Philip não responde. Curvado no banco do motorista, dessa vez está concentrado; perto dele, Nina está no banco do passageiro, o banco da morte.

Talvez devêssemos parar um pouco até a tempestade passar, diz ela.

Não seja boba, responde ele.

"De fato", acrescenta Philip na classe, "muitos historiadores da matemática acham que a distribuição de Poisson deveria ter sido chamada de distribuição de Bortkiewicz. Não tenho uma opinião formada sobre isso, mas, francamente, acho muito mais fácil escrever Poisson."

Agora, ela morrerá de outro modo.

Nina se serve de mais vinho; a garrafa está pela metade.

Todas as superfícies – da escrivaninha, das mesas, das cadeiras, dos peitoris – no escritório de Philip no andar de baixo e no escritório em Cambridge estão cheias de pilhas de papéis, periódicos, jornais. Há pilhas parecidas no chão.

Philip raramente fala sobre seu trabalho – seu trabalho além do de professor – ou, se fala, o descreve como a arte de contar sem contar.

Se Nina tenta descrever isso, diz: os métodos probabilísticos na matemática combinatória.

Você pode ser um pouco mais específica, querida?, pergunta Philip, balançando a cabeça e rindo dela.

Não, não posso, responde Nina. Tem algo a ver com aleatoriedade.

Redução de aleatoriedade.

É isso aí, diz Philip. Você está chegando perto.

Não tire nada do lugar, avisa Philip à Marta, a empregada. Não toque em nada.

Não, não, sr. Philip. Não vou tocar em nada, responde ela carrancudamente. Seu olhar transmite tanto desaprovação quanto sofrimento.

Marta é da Colômbia. Seus dois filhos, que não vê há três anos, vivem em uma vila montanhosa remota com os pais de Marta. Uma vez por mês, ela lhes envia o dinheiro que consegue poupar.
Marta trabalha para Nina há oito anos. Nina confia totalmente nela. Dá-lhe roupas velhas, sobras de comida, o que não quer mais. Todas as quartas-feiras às nove da manhã busca Marta, de carro, no ponto de ônibus e às três da tarde a leva de volta.
O que ela dirá a Marta na quarta-feira?
Católica, Marta acredita em Deus, em Jesus Cristo, na Virgem Maria, em um monte de santos. Marta rezará pela alma eterna de Philip.

Se ao menos ela pudesse rezar! Mas é tarde demais para acreditar em um Deus onipotente, onisciente e benevolente. E para que ela rezaria?
Para se reunir com Philip no céu? Segundo o que certa vez leu – tenta se lembrar onde –, as pessoas na terra que encontraram o parceiro físico e espiritual perfeito ficarão juntas no céu por toda a eternidade em uma união que – agora ela se lembra onde – Emanuel Swedenborg chama de amor conjugal.
E como Swedenborg adquiriu essa crença?
Anjos falaram com ele, afirmou.
Anjos – Nina rejeita essa ideia.
As cortinas do quarto se ondulam com uma súbita corrente de ar e a assustam.

* * *

Mais uma vez, ela segura a mão de Philip e, distraidamente, começa a girar a aliança de casamento no dedo dele – a aliança que eles compraram para substituir a que Philip perdeu no mar, ao largo da costa da Bretanha.

Qual foi a história boba que ele lhe contou?

Um peixe, provavelmente atraído pelo brilho do ouro, engoliu a aliança. Depois, provavelmente um peixe maior engoliu o primeiro peixe, e então um peixe ainda maior, um tubarão, engoliu o segundo peixe e, quem sabe, continuou Philip, minha aliança finalmente seja encontrada em um restaurante elegante em Xangai ou Hong Kong. Uma surpresa brilhando no fundo de uma tigela de sopa de barbatana de tubarão.

Quando, anos depois, Philip é convidado para uma conferência em Hong Kong, volta deslumbrado com as paisagens, os sons e os cheiros da China – quase China.

Com a comida também.

Em um daqueles restaurantes flutuantes no porto Aberdeen – um restaurante chamado Tai Pak – tive de escolher em um tanque o peixe que queria comer, conta ele a Nina. Naquele momento, não pude evitar pensar em minha aliança de casamento e quais eram as chances de encontrá-la dentro do peixe. Uma em um milhão? Uma em um bilhão?

Mas essas coisas acontecem, diz Philip. Acontecem mais do que você pensa.

O peixe que escolhi estava delicioso, acrescenta.

Ele também vai a um jantar elegante na casa de alguém no Peak. O casal coleciona jade e a mulher é eurasiana, conta ele a Nina. Ela se chama Sofia, como a cidade. Seu pai nasceu lá, segredou a mulher a Philip durante o jantar. Sua mãe é chinesa. Ele bebe chá e come bolos no saguão do Hotel Peninsula, enquanto a orquestra toca valsas de Strauss. Passa uma tarde assistindo a corridas de cavalos em Happy Valley e faz compras na Hollywood Road, onde compra para Nina um casaco vermelho de seda com peônias verdes e azuis bordadas. Uma antiguidade, mas ela raramente o usa. O casaco cheira a um perfume doce demais – tuberosas. Está pendurado no fundo do armário de Nina, seu brilho oculto em plástico para não ofuscar as roupas mais escuras que ela normalmente usa.

Vire-se, deixe-me olhar para você, diz Philip, quando ela experimenta o casaco pela primeira vez.

Está perfeito em você.

Foi feito sob medida para você.

A cor também combina com você.

Sofia. Ela diz o nome em voz alta para si mesma.

A dra. Mayer, uma terapeuta a quem Nina foi por um ano – o ano em que ela e Philip moraram em Berkeley –, lhe diz que o ciúme mantém o desejo ou, no mínimo, o desperta, o que também sugere o quanto o desejo é frágil.

A dra. Mayer é especializada em terapia sexual. As paredes de seu consultório são cobertas de desenhos de mulheres e homens nus copulando. Ela faz muitas perguntas íntimas e constrangedoras a Nina, que Nina responde com mentiras.

Nós não só precisamos encontrar um parceiro, diz-lhe a dra. Mayer, como também precisamos encontrar uma rival.

Ela não gosta da dra. Mayer, não gosta de seu tom seguro de si e seu gosto artístico, mas se sente no dever de vê-la.

Nina tenta se lembrar do primeiro nome da dra. Mayer. Um nome incomum. Um nome que não combina com ela.

Você não pode mudar o presente, mas pode reinventar o passado – a dra. Mayer também disse isso? Ou foi outra pessoa que disse?

Nina se pergunta o que ela reinventaria.

Philip não conhecia Iris. Ela é uma estranha. Somente quando ele está saindo da festa – uma festa de formatura da universidade – para na porta e lhe oferece uma carona. Iris está em pé sozinha – seus amigos foram embora sem ela. Além disso, começou a chover; relâmpagos lampejam no céu seguidos pelo som não muito distante de trovões. Talvez Philip a tenha notado antes, talvez tenham falado brevemente. Ou ele tenha dançado com ela. Ele não se lembra bem. Iris está usando um bonito vestido sem mangas com algum tipo de estampado. Seus braços são magros e Philip fica sabendo que ela mora a alguns quarteirões dele.

Sem problemas, diz ele, eu a levarei em casa.

Obrigada, diz Iris.

Ela não trouxe um casaco. Galantemente, Philip tira o paletó e o põe em seus ombros enquanto eles correm na chuva para o carro.

Eu a vi no campus, diz ele, quando estão dentro do carro.

Sou uma caloura.

Ah.

O que você vai fazer depois?, pergunta Iris.

Pós-graduação. MIT – Massachusetts Institute of Technology.

Fica em Boston?

Na verdade, Cambridge. E você? O que quer fazer?

Ainda não sei. Talvez dar aulas. Gosto de crianças. Somos sete em minha família. Ela ri quando diz isso a Philip.

Sorte sua. Só tenho um irmão.

Ah, sim. Ele é mais velho ou mais novo?

Nossa, veja como está chovendo, ele também poderia ter dito.

Você está conseguindo enxergar bem? Como ela não dirige, não está muito preocupada.

Então o que você quer ensinar?, pergunta Philip, virando-se para olhar para ela com um sorriso.

Eles poderiam ter continuado com esse tipo de conversa até chegarem à casa de Iris. Uma conversa educada, superficial. Ela é bonita de um modo pálido e frágil, e talvez Philip tivesse se perguntado se a beijaria quando a deixasse em casa ou se ela o deixaria beijá-la. Mas um caminhão vindo da direção oposta faz a curva muito aberta e cruza a linha divisória. Para evitar uma colisão, Philip sai da estrada.

Iris estende seus braços magros como se para evitar uma batida e dá um pequeno grito, que mais parece um uivo.

Sem saber o que ocorreu, o motorista do caminhão segue em frente na chuva cegante.

Philip não se lembra do caminhão e da quase colisão com ele. Apenas de vez em quando, em uma madrugada escura, acorda ouvindo novamente aquele uivo.

Ela e Philip estão casados há 42 anos, seis meses e quantos dias? Quantas horas?

Como ela é infantil.

E naqueles 42 anos em quantos países eles estiveram? Em quantas casas moraram? Quantos animais tiveram?

Os animais são de Louise.

Dois cães, um gato, um hamster, vários peixes-dourados.

A essa altura Louise deve ter terminado de jantar, pensa Nina.

E, é claro, naqueles 42 anos, quantas vezes fizeram amor?

Qual é a velha piada sobre os feijões no jarro? Um feijão vai para o jarro cada vez que um casal faz amor durante seu primeiro ano de casados, e depois um feijão sai do jarro cada vez que o casal faz amor desde então.

Nina fez sexo pela primeira vez em uma viagem para acampar. Dentro de uma barraca, em um saco de dormir. Ela se lembra do desconforto – uma pedra ou raiz ferindo sua região lombar – e depois da forte dor de seu hímen sendo rompido. Em sua excitação, o rapaz, cujo nome é Andrew, atinge rapidamente o orgasmo. Eles estão acampados perto de um riacho, e assim que

Andrew sai de cima de Nina, ela pega a lanterna e vai lá para fora. Dirigindo a luz para entre suas pernas, vê que estão sujas de sangue e esperma. Descalça, entra no riacho. As pedras ferem seus pés, mas a água está fria e os entorpece. Nina se agacha e começa a se lavar, jogando água fria com as mãos em si mesma quando, do outro lado do riacho, ouve o som de algo se movendo.

Andrew, chama ela.

O som se torna mais alto.

Um urso, pensa. Um urso atraído pelo cheiro de sangue.

Andrew, chama de novo.

Os sons são amplificados à noite, tenta explicar Andrew.

Ele acha que foi um esquilo ou coelho.

Nina conta a história para Philip, só que a muda. Por alguma razão desconhecida, não quer que Philip saiba como ou quando ela perdeu a virgindade e o quanto isso foi desagradável. Então lhe fala que, durante a noite, inesperadamente menstrua e, com a lanterna na mão, vai se lavar no riacho.

Nunca corri tanto, diz ela.

A probabilidade de um urso, Philip começa a dizer, mas Nina o interrompe.

Priscilla – lembra-se, é o primeiro nome da dra. Mayer.

Por um instante, ela se pergunta o que Andrew se tornou.

Um médico? Advogado? Bombeiro?

Ela mal se lembra da aparência dele – só se lembra de que era louro e forte. Provavelmente não o reconheceria. As pessoas mudam, envelhecem.

O sexo com Philip é bom, diz ela à dra. Mayer. Eles fazem amor pelo menos uma vez por semana. Geralmente domingo de manhã. E sim, ela sempre tem um orgasmo. O problema é outro. Isso é em parte verdade. Nina se sente suscetível, entediada, insatisfeita – quantos modos diferentes há de descrever isso? A verdade é que ela se recusa a dormir com Philip no domingo ou em qualquer outro dia. É um modo de puni-lo – ela não sabe bem pelo quê –, mas não o diz para a dra. Mayer.

A dra. Mayer sugere que Nina encontre algo para fazer. Algo que a interesse e a faça se sentir útil. Ela mesma, por exemplo, vai a uma clínica para pacientes terminais em Sausalito uma vez por semana aconselhar pessoas que estão morrendo.

Por que você não faz um trabalho voluntário?, pergunta ela a Nina. Seja uma voluntária em um abrigo para os sem-teto.

Por um motivo que não consegue explicar, Nina começa a chorar.

A dra. Mayer sugere que Nina e Philip venham juntos, como um casal.

A sugestão faz Nina chorar ainda mais.

A dra. Mayer sugere que Nina tome medicação. Medicação homeopática.

* * *

Philip raramente toma alguma coisa – não tomou nem uma aspirina depois que caiu e cortou a cabeça no restaurante em Belle-Île, e quando, no dia seguinte, um lado inteiro de seu rosto estava preto e azul.
 E quando você caiu da árvore e quebrou a perna?, pergunta-lhe Nina. A fratura exposta deve ter doído muito.
 Acho que sim. Um estoico, Philip raramente se queixa.
 Quantos anos você tinha naquela época?
 Não sei bem. Nove ou 10.

Lá fora a chuva, agora pesada, bate na vidraça.
 No ano que eles passam em Berkeley chove todos os dias – 86 centímetros de precipitação somente nesse ano. Ou há um denso nevoeiro. Nina detesta os eucaliptos que margeiam a rua em que moram – o modo como suas cascas ficam penduradas em tiras soltas como carne esfolada. A casa alugada tem um deque com uma tina de água quente, mas logo Nina se cansa de ficar sentada nela sozinha. Com quantos anos Louise está? Onze, 12? Nina tem de levá-la de carro para toda parte: para a escola, para aulas de tênis, piano e balé. Exceto aos domingos, quando Louise vai cavalgar e Philip a leva de carro aos estábulos em Marin. Ele se senta no carro e corrige ensaios de alunos enquanto espera por ela. Ou vai para um café próximo e lê jornal. Lorna mora em Marin. Lorna, a astrofísica irlandesa com cabelos cacheados, brilhante e instável, que abusa de pílulas para dormir.

* * *

Todas as manhãs, Nina toma as pequenas pílulas brancas que a dra. Mayer lhe prescreveu. As pílulas parecem iguais, mas contêm ouro, prata e cobre, e ela as deixa derreter em sua língua. São para combater a ansiedade, seu *malaise (seu mal-estar)*.
Outra palavra bonita.
Chou-fleur, malaise – ela fará uma lista.
E, duas vezes por semana, Nina atravessa a Bay Bridge para trabalhar em um abrigo para mulheres vítimas de violência doméstica em San Francisco. Trabalha no escritório, enchendo envelopes, lambendo-os e selando-os – um trabalho entorpecedor da mente.

Fora o dia inteiro, além de dar aulas, Philip faz pesquisas na universidade. Ele se sente estimulado e satisfeito, e se exercita.
Vai para casa de bicicleta e eles discutem.
Você disse que chegaria às sete. Já passa das oito. São 8:10.
Sinto muito. A reunião demorou mais do que eu esperava.
O jantar está arruinado.
Eu disse que sentia muito.
Na noite passada você disse...
Nina, por favor, não comece de novo.
Diga-me por que não?
Mãe. Pai.
Está tudo bem, querida. Vamos nos sentar e comer.
Nina atira sobre a mesa o prato cozido demais, derramando um pouco do seu conteúdo, e sobe a escada correndo.
Mãe!

* * *

Louise tem 35 anos e ainda não se casou.
Quem a conduzirá ao altar?

Ela toma outro gole de vinho.

Mon chéri, sussurra, inclinando-se para Philip.
Ma chérie, é como ele lhe responde.
Para que Louise não possa entender, às vezes eles falam francês. Dizem coisas como: *Un avion est tombé au milieu de l'Atlantique et il paraît que tous les passagers sont morts,* ou: *On dit que Jim le garagiste en ville a violé une petite fille,* mas logo Louise começa a entender o suficiente de francês e pergunta: Por que o avião caiu? Quem morreu? O que Jim fez?
Agora eles falam sobre coisas mais corriqueiras; às vezes Nina xinga em francês – *merde,* diz ela, se acidentalmente esbarra em algo ou deixa cair um prato e o quebra.
Merde também é um modo de dizer "boa sorte" em francês.

"A sorte sozinha", diz Philip a seus alunos, "raramente resolve um problema matemático, mas a concentração e a imaginação sim. Especialmente a imaginação." Para provar isso, conta a história do que dizem que o matemático alemão David Hilbert falou quando um de seus alunos abandonou sua aula de matemática para se tornar um poeta: "Bom, ele não tinha imaginação para se tornar um matemático."
"Algum de vocês é poeta?", pergunta Philip.

* * *

Por alguns segundos um relâmpago ilumina o quarto e o rosto de Philip – suas sobrancelhas altas, seus olhos fundos, seu queixo bem definido e determinado.

Abraão.

O apelido que alguns de seus colegas lhe deram devido à sua altura e constituição física magra; ela raramente o usa.

As pessoas também o confundem com um judeu, mas seus pais eram católicos poloneses de uma cidade na Silésia.

Um, dois, três, quatro, cinco, conta Nina, esperando pelo trovão, que estoura quando ela chega ao sete.

Nina tem medo de tempestades, de que raios atinjam a casa, mas esta noite isso não importa.

Ela não está com medo.

Um grande estouro de trovão seguido de uma luz azul que ilumina a cabine do barco é como Jean-Marc lhe descreve ser atingido por um raio. O cheiro acre de ozônio e isolamento elétrico queimando, acrescenta, fazendo uma careta e pegando o maço de cigarros de Nina, embora ele não fume.

Ela está sentada lá fora em uma espreguiçadeira, tomando banho de sol. Fazendo topless.

Nina não o ouviu chegar e é tarde demais para pôr o sutiã de seu biquíni.

No céu, nuvens escuras começaram a se formar. No jardim, as hortênsias adquiriram um tom mais escuro, quase azul-marinho. Está prestes a chover – o motivo de eles falarem sobre o tempo e a possibilidade de uma tempestade.

Ele trouxe um livro para Philip. Um livro sobre navegação.

Philip saiu, diz ela a Jean-Marc. Está jogando tênis.

Dieu merci, o veleiro estava aterrado, continua Jean-Marc, exalando fumaça, mas o raio destruiu o rádio, o radar, o Loran, as luzes de navegação e todos os equipamentos eletrônicos a bordo. Felizmente eu não estava longe da costa.

Estava a qual distância?, pergunta ela.

Você tem belos seios, diz ele.

Nesse exato momento, Nina sente uma gota de chuva.

Procurando sua saia, diz que é melhor entrarem em casa.

E nesse exato momento, Philip chega de carro.

Está chovendo, diz-lhes. Tivemos que parar de jogar.

O caso amoroso dura apenas um verão. Se Philip suspeitasse ou a acusasse disso, ela o negaria.

Ela é uma mentirosa.

Isso é mentira, diz o mentiroso.

Ela nunca conseguiu *entender isso*. Se o mentiroso diz que é mentira então ele está falando a verdade, mas não pode ser verdade porque é mentira – o paradoxo a desconcerta. Talvez esse seja o motivo de os matemáticos ficarem loucos tentando resolver problemas de lógica.

Ou eles estão tentando resolver problemas de Verdade?

* * *

Outro lampejo de relâmpago e ela se levanta rápido demais. Fica tonta e espera um instante para a tontura passar. Então, tateando no escuro, vai para o banheiro. Uma vez dentro, fecha a porta e acende a luz.

A luz é repentina e muito forte. No espelho, seu rosto parece estranho – pálido e com olhos enormes. Ela pega a escova e começa a escovar os cabelos. Para quê?, pergunta em voz alta, diante do espelho, e põe a escova de lado.

Nina começa a abrir o armário de remédios, mas muda de ideia. O conteúdo é familiar.

Olha para a escova de dentes de Philip no copo, perto do creme dental dele – mais uma vez, Philip se esqueceu de tampar o tubo –, e desvia o olhar.

Enxugando as mãos em uma toalha, ela se vira para abrir a porta do banheiro. Pendurados no gancho estão a calça do pijama listrado e uma camiseta de algodão branca de Philip. A camiseta de tão velha está transparente. Quanto mais velhas e macias as camisetas, mais ele gosta delas. Perto da camiseta e da calça de pijama está pendurada a bonita camisola de cambraia que ela comprou em Roma, um mês atrás.

Enquanto Philip assiste a palestras, Nina passeia e faz compras. Além da camisola, compra uma cara bolsa a tiracolo de couro marrom com fecho dourado perto da Piazza di Spagna – o couro, diz a vendedora para convencê-la, é indestrutível. Sentindo-se culpada, Nina não mostra a bolsa a Philip. Diz a si mesma que mais tarde mostrará.

Agora nunca mostrará.

No Palazzo Doria Pamphili, Nina fica em pé na frente de *Descanso durante fuga para o Egito* e olha para o anjo de cabelos ruivos e asas negras esticadas. Exceto pelo tecido em espiral, o anjo, de costas para o observador, está nu; toca violino para a Sagrada Família, enquanto eles descansam. Apenas José e o asno escutam; com o menino Jesus nos braços, Maria está adormecida.

Nina não consegue se afastar do anjo de Caravaggio.

Está na hora do almoço, diz Philip, impaciente.

Espere, implora ela.

Nina tenta se lembrar do tema da conferência em Roma. Algo relacionado com problemas computacionais e de sincronização: encontrar a rota mais curta que leva um vendedor para cada cidade exatamente uma vez, descobrir o modo mais eficiente de encher um caminhão ou uma caixa. Problemas para os quais não há algoritmos, problemas que não a interessam.

Ela coloca a camisola e a bolsa a tiracolo nova no fundo de sua mala. Sem problemas.

De repente decide, dará a bolsa para Louise.

Nina fica feliz com a decisão e a rapidez com que a toma.

Quanto à sua bonita camisola, bem que poderia ser feita de aniagem.

Tire-a, diz sempre Philip.

* * *

Parou de chover e ela novamente abre a janela e se inclina para fora. As árvores são formas maciças no jardim. Acima delas o céu está escuro. Nina não consegue ver nenhuma estrela.
Tudo está em silêncio.
Ela fecha a janela e volta a se sentar à cabeceira de Philip.
Como foi o seu dia?, pergunta ela de novo.
Dessa vez escutará.
Como foi o seu?
Comecei um tríptico. O primeiro painel será um mar calmo, o segundo um mar tempestuoso, o terceiro – Nina para e balança a cabeça.
Ela bebeu vinho demais?
Segurando a garrafa, tenta ler o rótulo no escuro. Um vinho italiano: Flaccia – não consegue ler o resto.

Abraçando-a na cama, Philip sussurra palavras carinhosas com um sotaque italiano. Inventa nomes para fazê-la rir.
Eles estão tentando ter um filho.
Philip toca nos seios de Nina.
Diga-me de novo quem foi Fibonacci.
Um matemático do século XIII.
E o que ele descobriu?
A mão de Philip está na barriga dela.
Uma sequência numérica em que cada número é a soma dos dois números precedentes: 1, 1, 2, 3, 5, 8, 13, 21, 34, 55...
Ele põe a mão entre as pernas dela.

Fale-me sobre os coelhos.

Você começa com dois coelhos, um macho e uma fêmea, nascidos em janeiro. Dois meses depois, eles têm outro casal de coelhos e, dois meses depois, esse casal de coelhos tem outro casal, e cada novo casal de coelhos produz outro casal que...

Os dedos dele se movem rapidamente, confiantes.

A questão é quantos casais de coelhos haverá em um ano? Em dois anos?

E se um coelho morrer? Ela está tendo dificuldade em falar, prestes a atingir o orgasmo.

Os coelhos não morrem; os coelhos são imortais.

Após dois anos há 46.368 casais de coelhos, diz ele enquanto, com um gemido, sobe sobre ela.

E, em menos de um ano, eles têm Louise.

Philip encontra sequências numéricas de Fibonacci em toda parte: em pétalas de flores, pinhas, samambaias, folhas de alcachofra, espirais de conchas e curvas de ondas.

No rosto da recém-nascida Louise.

Quando Philip a segura pela primeira vez nos braços, ela tem um dia de vida. Ele chora.

Nina nunca viu Philip chorar antes e desde então – nem quando seu irmão Harold morreu, nem quando seu pai morreu.

Naquelas ocasiões ele pareceu pálido e perturbado, mas não derramou uma só lágrima.

A última vez que eu chorei – realmente chorei –, conta ele a Nina, foi quando meu cão morreu. Acho que eu tinha 14 anos. O cão era um vira-lata, metade pastor-alemão e metade outra coisa. O nome dele era Natty Bumppo. Era um ótimo cão – tinha senso de humor. Costumava mostrar os dentes e sorrir para mim.

E quando Iris morreu?, ela tem vontade de perguntar, mas não pergunta.

Imagina-o, com os olhos secos e chocado, em seu terno preto, andando devagar pela nave lateral da igreja.

Em vez disso, pergunta: Como o cão morreu?

Nada mau, diz Philip, pondo os sapatinhos nos minúsculos pés de Louise. Ficaram perfeitos.

O que você vai tricotar para ela depois?, pergunta Nina. Um conjunto de blusa e suéter?

Philip explica que em frente do hotel onde foi realizada a conferência há uma loja de artesanato. Não tenho a menor ideia de por que entrei lá – algo deve ter atraído minha atenção –, havia um cesto cheio de lã bem do lado da porta. Grandes novelos de lã natural, e a vendedora disse que tricotar era relaxante. Que qualquer um poderia tricotar. Ela me vendeu as agulhas, a lã e as instruções. Voltei para o aeroporto e enquanto esperava meu voo comecei a tricotar. Ela tinha razão, aquilo ajudou a me acalmar. No avião também, porque por sorte uma mulher sentada perto de mim se ofereceu para ajudar. Disse que eu havia perdido alguns pontos.

O que, pergunta-se Nina, atraiu a atenção de Philip? Ou, mais provavelmente, quem? Uma mulher solitária e tagarela que vende lã e usa um uniforme cor de terra e tamancos de madeira barulhentos? Ao seu uniforme, Nina acrescenta um pingente de prata com uma forma abstrata – obra de um artista amigo – pendendo entre seus seios sem sustentação. Ela não é o tipo de Philip. Em vez disso, Nina imagina uma loira arrumada com um sorriso resplandecente e cativante sentada perto de Philip no avião mostrando os pontos perdidos.

Cinzentos e disformes, apesar de Nina lavá-los repetidamente, os sapatinhos cheiram a óleo e ovelha. Na primeira vez em que Louise os usa fora de casa, enquanto Nina empurra o carrinho de bebê, um dos sapatinhos escorrega do seu pé, cai na neve e é perdido.

Natty Bumppo foi envenenado. Philip lhe conta que alguém atirou carne envenenada pela janela de um carro. Muitos dos cães da vizinhança morreram. E também alguns gatos e esquilos. A rua ficou uma confusão, cheia de animais mortos.

Philip sabia que estava morrendo?

Ele parece sereno. Seus olhos estão fechados. Não parece com medo. Parece que está dormindo. Talvez esteja, pensa ela, e isso seja um erro.

Um erro terrível.

Philip, chama-o.
Philip.
E toda a sua vida passou diante dos seus olhos? Ou apenas alguns incidentes memoráveis: a queda da árvore, a solução de sua primeira equação de segundo grau, a primeira vez em que ele fez sexo...

Ele foi feliz?
Ela o fez feliz?

Eles são felizes na ilha ventosa de Pantelleria, no *dammuso* de dois quartos que alugaram por uma semana. O *dammuso* é construído com rocha vulcânica local, e as paredes grossas mantêm a casa quente no inverno e fresca no verão. O teto abobadado deixa a água da chuva cair em uma cisterna abaixo. Não há água corrente. Todas as manhãs, Philip pega vários baldes de água e os leva para o banheiro e a cozinha. O banheiro fica em um pequeno prédio separado; um anexo com muitas flores roxas do lado de fora que servem como cortina para a janela e proporcionam privacidade.

Alcaparras são cultivadas nos declives das colinas, os arbustos lembrando videiras repletos de flores azuis.

Iris.

Não. Nina se força a não pensar nela agora.

As alcaparras são grandes, granulosas e salgadas; eles as comem todos os dias no almoço, com tomates, pão e azeite de oliva, junto com o vinho local. Depois se deitam no quarto escuro e fresco com paredes grossas e dormem – um sono pesado, entorpecido – durante o resto da tarde quente. Quando acordam, fazem amor – amor lento e solícito. Depois, ainda nu, Philip se levanta e pega mais água da cisterna para que possam se lavar.

Nina e Philip nadam em enseadas verdes, cavernas marinhas e grutas escuras e mais frias, divididas por afloramentos de rochas e colunas de lava com nomes árabes. Acima deles se erguem os íngremes penhascos da ilha. No alto de um penhasco está a vila de Saltalavecchia – salto da velha –, onde eles param ao meio-dia para comprar pão e pôr gasolina no carro.

Perché lei é saltata in mare?, pergunta Nina. *Un marito perso?* Um marido perdido? *Un figlio perso?* Um filho perdido?

O padeiro dá de ombros. Não sabe.

O frentista também não sabe, ou esqueceu.

Saltalavecchia é apenas um nome, diz-lhe um garoto enchendo os pneus de sua bicicleta. Como Florença, Veneza ou Roma. Diz isso sem olhar para ela.

Um dia, de manhã, um cão magro marrom e branco vem e se senta nos degraus do terraço. Nina pega uma tigela de água para ele.

Cuidado, diz Philip. Nunca se sabe.

Ele parece bastante amigável.

Durante o café da manhã, ela lhe dá alguns restos de torrada com manteiga.

Agora está feito, diz Philip.

Como vamos chamá-lo?, pergunta Nina.

Philip dá de ombros e balança a cabeça.

Roma, diz ela. É apenas um nome.

À noite, curvado como uma bola, o cão, Roma, dorme do lado de fora da porta; durante o dia, deita-se de lado esticado tomando sol no terraço de pedra; de vez em quando se senta para se coçar. Ele come tudo: tomates, pão, arroz, peixe – o que Nina lhe der. Come gulosamente, abanando o rabo. Quando Nina e Philip saem para nadar ou vão jantar fora à noite, ele fica deitado no degrau superior do terraço com a cabeça sobre as patas, esperando por eles.

O que acontecerá com Roma quando formos embora? Nina deseja saber. Talvez pudéssemos levá-lo conosco. Poderíamos encontrar um veterinário, uma caixa para transporte, um...

Não, não. Philip balança a cabeça enfaticamente.

Embora Nina pergunte, ninguém quer um cão.

Outra boca para alimentar!, é o que todos dizem.

Finalmente Anselmo, o garçom de um restaurante que Nina e Philip frequentam, concorda em ficar com o cão. No último dia, algumas horas antes de irem embora, eles colocam Roma no carro e dirigem até a casa de Anselmo. Nervoso, Roma fica sentado arquejando e babando no banco traseiro. Virando-se para trás, Nina acaricia-lhe a cabeça e ele tenta lamber-lhe a mão.

Ele sabe, diz Nina a Philip.

Ele vai ficar bem, responde Philip.

Você terá um bom lar, Roma, diz ela.

Eles têm dificuldade em encontrar a casa de Anselmo, localizada no interior da ilha, em uma área desolada, não cultivada, em que nunca estiveram. A estrada de terra é sulcada e margeada por oliveiras retorcidas e miradas. Fica perto do aeroporto que, contudo, permanece invisível para eles, mesmo quando um pequeno avião voa baixo sobre suas cabeças, quase roçando no teto do carro – ou pelo menos assim parece – com as rodas abaixadas, pronto para aterrissar.

Vamos perder nosso avião se não encontrarmos logo a casa dele, diz Philip.

Anselmo, a esposa e os filhos ficam felizes ao vê-los chegar. Oferecem refrescos, mas Philip e Nina estão com muita pressa.

La prossima volta, promete Philip.

Anselmo e a esposa riem. As crianças abraçam entusiasmadamente Roma.

Antes de ir embora, Philip entrega a Anselmo um envelope com dinheiro. Dinheiro para cuidar do cão, diz.

Non si preoccupi signore, repete Anselmo, *il cane sará felice con noi*.

Io sono felice, tu sei felice, egli è felice, noi siamo felici, Nina repete para si mesma. Na escola, ela aprendeu a conjugar verbos em italiano e os sabia de cor.

E que tempo passado ela deveria usar agora – o passado próximo *io sono stato felice,* ou o pretérito mais que perfeito *io ero stato felice,* ou o passado remoto *io fui stato felice?*

Ou ainda o passado condicional *io sarei stato felice.*

Várias semanas se passam antes de Nina telefonar para o restaurante – Anselmo não tem telefone em casa – e ficar sabendo que Anselmo não trabalha mais lá. A pessoa que atende o telefone diz que Anselmo foi embora um mês atrás. Quando Nina tenta perguntar sobre o cão, a pessoa diz que não sabe nada sobre um cão.

* * *

Tomando outro gole de vinho, Nina novamente pensa em como Philip, um nativo do Centro-Oeste, foi atraído não para os campos de grãos ou as vastas planícies verdes, mas para o mar e as ilhas: Martha's Vineyard, Belle-Île, Pantelleria.

E como se tornou fã de velejar.

Seu Hinckley Bermuda 40 tem um casco reluzente azul-francês, um sólido interior de nogueira e teca, e acabamentos em bronze reluzente. No barco podem dormir quatro pessoas confortavelmente, seis desconfortavelmente e, nele, Nina e Philip velejaram pelas águas frias do Maine e Canadá – uma vez até mesmo para a distante Nova Escócia, onde, devido à corrente do Golfo, a água era surpreendentemente quente.

Hypatia – Philip dá ao barco o nome da primeira mulher matemática conhecida.

Mas infelizmente Hypatia teve um fim pavoroso, conta Philip a Nina.

Qual?

Ela foi atacada por uma turba furiosa de monges que arrancaram sua pele com cascas de ostras. Foi esfolada viva, esquartejada e queimada.

Que horror! Por quê?

Seus ensinamentos foram considerados heréticos. Ela usava roupas de homem e dirigia sua própria carruagem pela cidade de Alexandria. Não sabia qual era seu lugar como mulher.

* * *

Durante algum tempo, Nina resiste a velejar com Philip, mas no final das contas acaba cedendo.

No final das contas, também se torna proficiente: assumindo o leme enquanto Philip iça as velas, prendendo as amarras sem que ele tenha de supervisioná-la, lendo mapas e preparando refeições no complicado fogão a gás. Ela anda pelo convés do *Hypatia* se ajustando aos movimentos do barco e sem se segurar na grade de proteção. Finalmente acostuma-se a dormir com o barulho das ondas batendo no casco e passa a gostar do som.

Hypatia, murmura Nina para si mesma.

Bradicardia, diz.

Uma vez por mês, no domingo, Philip fica na cama durante a maior parte do dia – ouviu dizer que Winston Churchill fazia o mesmo. Não para ter sexo, mas para se recuperar.

Philip toma café da manhã e almoça na cama, mas lá pelo meio da tarde a cama está cheia de migalhas, bebidas derramadas, o jornal de domingo, livros, periódicos, lápis e o laptop dele, e Philip é forçado a se levantar. Enquanto ele toma banho, Nina arruma o quarto e a cama.

Eu me sinto sua empregada, diz ela a Philip, que saiu do banheiro e está se enxugando com uma toalha – que deixa caída no chão.

Ele está assobiando uma música.

* * *

Você deveria ter se casado com Paul Erdös, provoca-a Philip.
Ele lhe conta que Paul Erdös vivia com o conteúdo de uma única mala. Em vez de uma camisa, usava a parte de cima de seu pijama; não tinha dinheiro, não comia carne, lavava as mãos compulsivamente e não sabia amarrar seus próprios sapatos. Mas escreveu ou foi coautor de 1.475 ensaios acadêmicos. Mais do que qualquer outro matemático na história.
Philip publicou com alguém que publicou com alguém que por sua vez publicou com Paul Erdös.
O número de Erdös de Philip é 3.

Lorna também vivia com o conteúdo de uma única mala – ou quase. Desorganizada, irresponsável e brilhante, trabalhou no Center for Particle Astrophysics em Berkeley até morrer de overdose. A governanta a encontrou em sua cama; Lorna já estava morta havia vários dias. Difícil não imaginar o corpo em decomposição: os cachos de Lorna emoldurando seu rosto um dia bonito, e agora sem cor e desfigurado.
Acidente ou suicídio? Ninguém que conheceu Lorna teve curiosidade em saber.
Nina também não.
Por que tantos matemáticos se suicidam? É porque suas descobertas os fazem se sentir isolados e alienados? Ou por algum outro motivo?, pergunta ela a Philip.
Em vez de responder, Philip diz: Eu deveria ter ido ao apartamento dela quando ela não atendeu o telefone. Tive a sensação de que algo estava errado.

Philip passa aquela noite em seu escritório trabalhando – ou pelo menos é o que diz. Ou talvez passe a noite dirigindo por Marin, onde Lorna morava. De manhã, quando ele finalmente volta para casa – Nina o ouve subindo a escada para o quarto –, sua claudicação está mais pronunciada do que o comum.

Suponha que fôssemos voar por todo o universo em uma espaçonave – diz Lorna uma noite, no início do semestre, quando vai à casa de Nina e Philip para jantar – do modo como os primeiros exploradores navegaram em volta da Terra. Também poderíamos acabar no ponto onde começamos. Ela ri nervosamente, esperando a resposta de Philip.

Está dizendo que o universo é finito, sem fronteiras e conectado?, pergunta-lhe Philip.

Mais cedo, Nina nota que os sapatos de Lorna, sapatilhas rasteiras, são de duas cores diferentes – uma preta e a outra prateada.

Ela hesita antes de mencionar isso.

Ah. Olhando para baixo, Lorna fica com o rosto rosado. Eu devia estar pensando em outra coisa.

Do que mais Philip e Lorna falaram? De teorias sobre o surgimento do universo, caos, buracos negros.

Nina pôs a mesa; fez o jantar – exigente em sua alimentação, Lorna não come carne ou peixe. Quando eles terminam o prato principal, Nina se levanta e retira a louça.

Mas não é absurdo pensar que o universo poderia ser infinito, diz Lorna, voltando ao mesmo tema enquanto cutuca com um garfo a sobremesa em seu prato.

Um bolo de abacaxi que Nina assou especialmente para a ocasião.

Porque se, digamos, formos além da teoria de Einstein – se descobrirmos uma teoria definitiva para tudo –, a teoria provará que os seres humanos foram criados da mesma substância básica do universo, e que nós e o universo somos apenas manifestações diferentes da mesma coisa. Então como o universo poderia ser infinito quando nós somos finitos?

Lorna fala em explosões curtas e nervosas quase inaudíveis, de modo que é preciso se inclinar para ouvir o que está dizendo. Ela tem uma estrutura óssea pequena e seus braços são cobertos de rugas. Não sabe dirigir e depois do jantar Philip a leva em casa. Para Nina, parece que ele demora mais do que o necessário. Saiu há duas horas.

Foi o trânsito, diz ele quando finalmente volta. E um acidente na rodovia.

Você não deveria ter mencionado os sapatos dela, acrescenta Philip. Você a constrangeu e isso foi infantil.

Mas àquela altura Nina concluíra que Lorna é que era infantil. Uma criança desleixada e carente que não pode existir no mundo real ou com as pessoas nele.

Você não entende, diz Philip franzindo as sobrancelhas quando, mais tarde, ela toca novamente no assunto do jantar com Lorna. Os físicos não têm a liberdade que os matemáticos têm. Os físicos lidam com o mundo real enquanto os matemáticos escolhem seus mundos.

* * *

Nina ouve um barulho lá embaixo. Foi a fundação da casa se acomodando ou um móvel velho? Ela acha que foi o armário alto de mogno com gavetas. Uma das gavetas está cheia de colheres de prata nigelo russa que Philip coleciona.

Colecionava.

As colheres são ornadas com entalhes intricados de flores e folhas; algumas são ainda mais elaboradas, com castelos, cenas de caçadas e uma fragata com as velas içadas – a favorita de Philip. Em ocasiões especiais – no Natal, Ano-Novo, um jantar festivo – Philip coloca cuidadosamente as colheres em cima dos guardanapos de linho puro branco que Nina usa na mesa.

Somente para decoração, avisa aos convidados. O nigelo é feito com apenas uma parte de prata, duas partes de cobre e três partes de chumbo. Usar a colher para tomar sopa pode causar dano cerebral.

Todos riem, menos Nina.

Sem querer, Nina olha de relance para o relógio. O mostrador luminoso aponta para alguns minutos depois das duas.

Ela não se sente cansada.

O avô materno de Philip era um prateiro famoso. A Revolução de 1917 pôs um fim abrupto ao seu trabalho, e ele saiu da Rússia para os Estados Unidos. Conseguiu levar com ele um pouco de prata – colheres, uma caixa de rapé, vários objetos em que tra-

balhara. Quando seus filhos se casaram, ele deu a cada um deles uma peça de prata. Philip diz que sua mãe ganhou uma colher.
O que aconteceu com a colher?, pergunta Nina.
Ela pode tê-la perdido. Ou vendido.
Na próxima vez em que a visitarmos, você deveria perguntar a ela.
Philip dá de ombros. Talvez ela não se lembre.

Nina perguntará a Alice.
Melhor ainda, decide levar uma das colheres de Philip para Alice.
Olhe Alice, dirá, Philip encontrou sua velha colher de prata. A com a fragata com as velas içadas gravada na parte de trás da concha.

Os pais de Nina morreram muitos anos atrás. Ela raramente pensa neles – não que não os amasse, diz a si mesma. Ela os amava. Aposentados, moravam na Flórida. Seu pai jogava muito golfe; sua mãe jogava jogos de tabuleiro e bridge. Eles eram autossuficientes e conformados. Finalmente se mudaram para um lar para idosos, onde Nina, uma ou duas vezes por ano, zelosamente os visitava. Na última visita – àquela altura seu pai havia morrido de complicações de um acidente vascular cerebral – ela caminhou pela praia e jogou palavras cruzadas com a mãe. Apesar de uma prótese recente de quadril que a fazia se cansar mais facilmente, sua mãe ganhou o jogo com a palavra de seis letras que valeu o triplo dos pontos: *xerose*. Contestando-a, Nina perdeu. Xerose significa ressecamento anormal da pele – um problema de que sua mãe sofria.

Nina ouve novamente um barulho lá embaixo. Fica tensa. A porta da frente não está trancada. Qualquer um pode entrar, pensa. O quão irônico – essa é a palavra certa? – seria um ladrão ou, pior ainda, um assassino, entrar. Acharia que Philip estava dormindo e atiraria nele? Ou o mataria de novo. Quanto a ela, exigiria dinheiro e joias antes de amarrá-la e atirar nela também. Esperava que na cabeça, para ter uma morte rápida.

Nina não quer pensar na alternativa.

Na cidade, em uma primavera alguns anos atrás, um jovem bateu à porta de uma mulher idosa lhe pedindo para trabalhar no jardim. Depois de lhe podar os arbustos de lilases e a cerca, ele pôs a mesma tesoura em sua garganta e a estuprou e sodomizou. Logo depois a idosa morreu. Ela nunca se recuperou de suas lesões no colo do útero e reto, ou de sua vergonha.

Ela tenta ouvir outro som, uma porta batendo, passos na escada, mas não ouve nada. Levantando-se e pondo a mão na parede para se equilibrar, vai até o corredor e olha por cima do balaústre. De onde está, pode ver a porta da frente e, perto dela, o vaso de cerâmica italiana que serve como porta-guarda-chuva.

O vaso é de uma loja em Pantelleria. Nina guardou o cartão do dono. Piero? Pietro? Não se lembra mais. Lembra-se de que ele flertou um pouco com ela.

Ah, *signora*, diz ele erguendo a mão dela para seus lábios, bem-vinda à minha loja.

Vocês são ingleses?, também pergunta.

Não, norte-americanos, responde Philip.

Norte-americanos. Enviei encomendas para Ohio, Nuova York e Califórnia. Ah, a bela Califórnia!

Foi lá?, pergunta Nina, finalmente soltando sua mão.

Piero ou Pietro balança a cabeça. Não, não. Meu irmão sim. Ele mora na Califórnia.

Apesar do olhar de desaprovação de Nina, Philip não regateia e paga o vaso em dinheiro.

Você vai ver, ele nunca o enviará para nós, diz-lhe Nina quando voltam para o carro. Não confio nele.

Nunca se sabe, responde Philip, um otimista.

Meses depois o vaso chega, intacto. Vem embalado em jornal e palha em uma grande caixa de madeira feita à mão.

Você tem de ter mais fé nas pessoas, diz Philip a Nina.

Iris de novo.

E se ela encontrar uma foto de Iris? E se a foto escorregar de dentro de papéis ou de uma pasta na gaveta da escrivaninha? Ou e se Louise, que a está ajudando a separar os papéis de Philip, a encontrar – uma pequena foto 6,5 x 5,5 centímetros em branco e preto?

Olhe, mãe. Quem é a garota loira perto do meu pai? Lembra Grace Kelly. Adorei o vestido dela. Tão anos 1950! Olhe para a cintura fina dela. Meu pai a está abraçando. Ela é uma parente? Há algo escrito atrás. Está difícil de ler – "Para meu querido." Sim. "Para meu querido Phil."

Sim, é uma parente, diz Nina a Louise.

E não, não lembra Grace Kelly, pensa Nina. Grace Kelly é muito sofisticada e rica. Iris lembra mais Eva Marie Saint – a aparência de Eva Marie Saint no filme *Sindicato de ladrões*: bonita, ingênua e cheia de convicções.

Eva Marie: o nome da filha de 14 anos do padrinho de Philip que morreu em uma avalanche, quando esquiava pela vertente de uma montanha não patrulhada em Idaho. Ser enterrada na neve, pensa Nina, deve ser como se afogar.

Quando Philip está fora e ela fica sozinha em casa à noite, empurra o porta-guarda-chuva para a frente da porta. Se um intruso entrar, baterá no porta-guarda-chuva e o quebrará. O barulho a acordará.

Indecisa por um momento, Nina fica em pé no corredor e olha ao redor. A porta do quarto de Louise, a porta do quarto de hóspedes e a porta do banheiro estão fechadas.

Três portas.

Nina balança um pouco a cabeça, recordando.

Quantas vezes eu tentei explicar isso para você?

Ela percebe o tom provocador e ligeiramente irritado na voz de Philip.

Você tem três portas no jogo e atrás de uma delas há um carro, um anel de diamante ou...

Que tal uma nova máquina de lavar?, interrompe Nina.

Está bem, atrás de uma das portas há uma nova máquina de lavar e atrás das outras duas portas há uma cabra.
Uma daquelas máquinas caras alemãs. Uma Bosch.
Você está me ouvindo ou não? Se não está, não vou tentar explicar isso de novo.
Estou ouvindo.
Certo, então escolhe uma porta. A porta permanece fechada, mas como o apresentador do jogo sabe o que está atrás de cada porta, ele abre uma das duas portas restantes – uma com uma cabra atrás. Então ele lhe pergunta se você quer ficar com a porta que escolheu ou mudar para a última porta restante.
Eu ficaria com a porta que escolhi, diz Nina.
Não percebe, Nina, continua Philip erguendo a voz, que quando o apresentador abriu uma das portas com uma cabra atrás ele reduziu suas chances de uma em três para duas em três de abrir a porta com a máquina de lavar? Vale a pena mudar. É óbvio. Posso explicar isso para você logicamente. Posso explicar matematicamente.
Ainda assim, Nina se recusa. Eu já lhe disse que não vou mudar de porta.
Do que ele chama o problema? Um paradoxo verídico, porque embora pareça absurdo é comprovadamente verdadeiro. E do que ele a chama?
Uma cabra teimosa.

De volta ao quarto, Nina pega uma das cadeiras e a coloca perto da cama.
Toca novamente na mão fria de Philip.
Philip, sussurra ela.

* * *

Ele quer ser cremado, disse isso. Também disse que não quer que suas cinzas sejam enterradas, mas espalhadas no mar. No Atlântico, especificou.

O maior parque de Paris. Tem mais de 40 hectares, informa-lhe Philip, enquanto eles caminham pelo cemitério Père Lachaise em um dia ensolarado de primavera, logo após se conhecerem.
Uma verdadeira aula de história entre as 60 mil sepulturas, diz.
Eles pegaram o metrô e caminharam pelo boulevard de Ménilmontant; na entrada, uma mulher está vendendo flores. Philip para e compra um ramo de cravos vermelhos para Nina.
De mãos dadas, eles percorrem as alamedas de tumbas, lendo os nomes, em voz alta, um para o outro: Marcel Proust, Édith Piaf, Honoré de Balzac, Oscar Wilde...
Em frente ao mausoléu ricamente esculpido que abriga os restos de Abélard e Héloïse, eles param por um momento. A tumba é rodeada por uma cerca de ferro, mas está cheia de flores e pedaços de papel que foram atirados para dentro.
Li no guia que aqueles pedaços de papéis são deixados para Abélard e Héloïse por pessoas que querem que o amor delas seja retribuído, diz Nina a Philip.
E eu li que esses não são os restos mortais de Abélard e Héloïse, responde Philip.
Cínico.

E, com um gesto certeiro e rápido, Nina atira os cravos dentro do mausoléu. As flores passam por cima da cerca de ferro e caem exatamente em cima das figuras esculpidas dos amantes.

Boa pontaria, diz Philip. Então, tomando-a nos braços, acrescenta: Seu amor é retribuído. O meu é?

Estou com fome, diz ele também, antes que Nina possa responder. Vamos almoçar.

Ao longo dos anos, eles visitaram o cemitério várias vezes. A cada uma delas caminharam por alamedas diferentes, olharam tumbas diferentes: Colette, Richard Wright, Simone Signoret, Félix Nadar, Max Ernst...

Os passeios no cemitério lhes inspiram – talvez perversamente, diante de tantas mortes – uma espécie de hilaridade infantil. Contam piadas, jogam: Qual é a tumba mais enfeitada? A mais sem graça? A favorita deles?

A favorita de Philip é uma de mármore negro muito polido na forma de triângulo, de Sādeq Hedāyat, um escritor persa que cometeu suicídio.

A favorita de Nina é a tumba do general armênio Antranik Ozanian.

Ele parece Vittorio de Sica. O bigode.

Achei que você não gostava de bigode, diz Philip.

Eu gosto da estátua do cavalo, diz ela.

Em vez de seguir os outros, o cavalo de Philip abaixa a cabeça e começa resolutamente a pastar. Philip tem medo de cavalos. E os cavalos sentem esse medo e se aproveitam dele.

Puxe a cabeça do cavalo para cima! Chute-o!, grita para Philip o caubói que está conduzindo o grupo por uma trilha.

Nina convenceu Philip a passar a semana das férias de primavera de Louise em um hotel-fazenda no Arizona.

Louise quer ir. E é uma coisa diferente, diz ela.

Nina está montando um vigoroso cavalo malhado chamado Apple. O caubói nota imediatamente seu modo de sentar, suas mãos.

Vejo que você já cavalgou, diz.

Louise também cavalga bem.

O cavalo de Philip, um grande alazão castrado, recusa-se a se mover. O caubói se aproxima trotando em seu próprio cavalo e, determinado, chicoteia o traseiro do alazão. Erguendo a cabeça surpreso, o alazão se precipita para frente e Philip perde o equilíbrio. Para não cair, agarra o cabeçote da sela.

Pai!, diz Louise, antes de começar a rir.

Virando a cabeça para que Philip não possa vê-la, Nina também ri.

Mantenha o cavalo andando, diz o caubói a Philip. Encurte a rédea, mantenha a cabeça dele para cima.

Mostre-lhe quem manda, Phil, acrescenta o caubói.

Poucas pessoas chamam Philip de Phil.

Iris chamava? *Meu querido Phil.*

Mon petit Philippe – Nina pensa em Tante Thea. Generosa e gentil, ela leva Nina e Philip ao teatro, ao balé, a restaurantes caros. Leva Nina para fazer compras. Quando Tante Thea morre, deixa para Nina seu broche de diamantes em forma de flor.

Quando Nina o usou pela última vez? Ela tenta se lembrar. Em um jantar *black-tie* em homenagem a um dos colegas de Philip que obteve um prêmio Nobel de física.

Conte-me de novo pelo que ele o ganhou, pede Nina enquanto tenta abrir o cofre.

Pela descoberta da liberdade assintótica na teoria da interação forte.

Pelo quê? Repita isso. E são três voltas para a esquerda até o 17? Ou três voltas para a direita até o 17?, diz Nina.

A liberdade assintótica mostra que a atração entre os quarks se torna mais fraca quando os quarks se aproximam mais uns dos outros e, de modo inverso, se torna mais forte quando os quarks se afastam mais uns dos outros. Está pronta, Nina?

Quase.

A descoberta estabeleceu a cromodinâmica quântica como a teoria correta da força nuclear forte, uma das quatro forças fundamentais da natureza.

Ele e a esposa não escreveram um livro juntos? Philip, não estou conseguindo abrir este cofre.

Sim – sobre como os cientistas chegam às suas teorias do universo e por que há algo em vez de nada. A esposa dele também é uma matemática brilhante. Nina! O que você está fazendo aí? Vamos nos atrasar. Philip quase grita.

Deixe-me ajudá-la.

Quantas vezes lhe mostrei como se faz? Philip fala mais baixo quando abre o cofre. É muito fácil.

Fácil para você, diz Nina, subitamente à beira das lágrimas.

Só não quero que a gente se atrase, diz Philip.

No carro, a caminho do jantar, Nina passa o dedo pelo broche de diamantes para se certificar de que está bem preso a seu vestido e diz: Deixe-me lhe falar sobre minha teoria do universo, Philip.

A teoria dela do universo é que não há nenhuma teoria.

A última visita deles a Père Lachaise é em um dia de inverno. Os galhos das árvores estão desfolhados; os ciprestes assomam escuros e ameaçadores. Os vasos de flores artificiais brilhantes demais postos ao redor das tumbas fazem o céu parecer mais cinzento e sombrio.

Úmido e frio. Nina estremece dentro de seu casaco. Você não quer ser enterrado perto de mim?, pergunta.

Eles estão parados diante da tumba de Gertrude Stein e Alice B. Toklas.

Pondo o braço ao redor do ombro de Nina, Philip diz: E não se esqueça de jogar minhas cinzas a sota-vento, ou elas voltarão para o seu rosto.

Sentada perto da cama, ela fecha os olhos por um momento e revê a cena do encontro deles em Paris.

Vous permettez?

Je vous en prie.

Frases comuns e familiares que lhe dão prazer.

Sobre o que é seu livro? Ele também lhe pergunta.

Depois eles caminham juntos pelo boulevard Saint-Germain na direção do boulevard Saint-Michel. Nina nota a claudicação de Philip, mas não diz nada. Àquela altura, eles concluíram que ambos estão familiarizados com a mesma cidade na volta para casa, as mesmas lojas e os mesmos restaurantes, o que pode ser um motivo suficiente para se verem de novo. No meio do caminho, param em uma livraria em que Nina localiza as obras de Nathalie Sarraute. Pega *Tropismes* – o livro que está lendo – na prateleira para ele.

Vou comprá-lo, diz Philip, talvez como uma promessa de que voltarão a se ver.

Ela deveria reler *Tropismes,* pensa, abrindo os olhos.

Deveria fazer uma lista: *Guerra e paz, Anna Karenina, Middlemarch*; tudo de Dickens, Jane Austen, Trollope...

Os romances de Balzac, Zola, Flaubert.

Alguns dias depois, eles discutem.

Você leu?, pergunta Nina a Philip.

Eles estão jantando juntos em um restaurante barato no Quartier Latin, a alguns quarteirões da galeria em que ela trabalha. É tarde e Nina está cansada.

Leu o quê? Philip está olhando para a carta de vinhos. Um Côtes du Rhône está bom?

O livro que você comprou. *Tropismes.*

Ela já decidiu que não vai dormir com Philip. Pede escargots cozidos com alho.

Philip franze as sobrancelhas e balança a cabeça. Eu tentei, diz. Ele pede sopa.

Não consegui passar da primeira página.

Não? Não conseguiu ler? Nina está ofendida. Aqueles monólogos interiores lindos?

Eles são incoerentes, responde Philip.

Ils semblaient sourdre de partout, éclos dans la tiédeur un peu moite de l'air – recita ele.

E quem é esse primo seu que tem uma relação de parentesco com ela pelo casamento? Ela interrompe, mudando de tática. Não sei se acredito em você.

Eu lhe apresentarei, diz ele sorrindo.

Muitos anos depois, em Boston, Nina vai ouvir Nathalie Sarraute ler. Idosa, elegante e imperiosa é como a descreve para Philip.

Não estou surpreso, diz ele.

Ah, e quanto ao seu primo? Você nunca me apresentou a ele, lembra? Ou o inventou?

Ela, diz Philip. O primo é uma *prima*.

A casa de campo de estuque amarelo do século XVIII de Tante Thea fica no final de uma longa entrada para automóveis margeada de castanheiras; a propriedade fica ao lado da floresta de Chantilly. O almoço nos domingos tende a ser um longo e animado evento, com muita comida, vinho tinto e, como sobremesa, uma torta de frutas e nata feita em casa. Família, amigos e vizinhos se sentam ao redor da mesa de jantar de mogno, falando rápido e ao mesmo tempo sobre De Gaulle, *o nouveau franc* – que vale cem francos antigos e Tante Thea ainda acha confuso –, a crise da Argélia e como latas de lixo foram colocadas nas pistas do aeroporto de Orly para impedir que os paraquedistas rebeldes argelinos pousassem, e todos os demais pousassem, salienta um dos filhos de Tante Thea.

Didier e Arnaud, os filhos de Tante Thea, estão lá para almoçar. Ambos são casados, bem-sucedidos e atléticos. Principalmente Didier. Ele e Nina flertam um pouco e Anne, a esposa dele, não parece se importar.

Didier está apaixonado por Nina, caçoa ela.

Sem querer, Nina se sente atraída pela autoconfiança de Didier, sua beleza forte e o modo como ele usa sua camisa azul feita sob medida, com as mangas enroladas para revelar seus antebraços.

Depois do almoço, queixando-se de cotovelo de tenista, Didier convence Philip a ser o parceiro de Anne em um jogo de duplas contra Arnaud e a esposa dele; no andar superior, Tante Thea está tirando um cochilo e Didier chama Nina para acompanhá-lo em uma caminhada pela floresta – só que ele não lhe pede isso.

Vamos dar uma caminhada, diz. Um pouco de exercício me fará bem, acrescenta.

É o final da primavera, mas algumas das castanheiras ainda estão floridas e suas flores misturadas com as folhas das árvores formam uma abóbada acima do chão da floresta, um denso tapete verde cheio de moitas baixas, relva e delicadas flores brancas cujo nome Nina não sabe.

Didier também não.

Entrecortando a floresta há caminhos bem conservados – chamados de *allées* –, alguns dos quais têm seus nomes escritos em postes.

Deve ser fácil se perder, diz Nina.

Eu caminho aqui desde criança, responde ele. Conheço a floresta de cor. No outono, caço aqui.

Raposas?

Veados.

Eles falam sobre as diferentes escolas norte-americanas. Uma das filhas de Didier queria ir para uma universidade nos Estados Unidos. Nina descreve a que ela frequentou.

Então, vindo na direção deles, ouvem o som de cascos galopando.

Cuidado, diz Didier, pegando o braço de Nina e a puxando para o lado do caminho, enquanto os dois cavaleiros, agachados ao estilo dos jóqueis, passam galopando por eles.

O solo arenoso é um bom terreno para treinamento de cavalos, diz Didier, ainda segurando o braço de Nina.

Nina começa a responder que também gosta de cavalgar, mas Didier a puxa para si e a beija. Nina tenta recuar, mas ele segura e torce o braço de Nina atrás dela, forçando-a a erguer o rosto. Didier aperta tanto sua boca contra a dela que Nina sente seus dentes. Então, meio que a arrastando mais para dentro da floresta, ele a força a se deitar no chão.

Nina bate com o lado da cabeça em alguma coisa.

Didier!, grita. Por favor, não!

Eu quis fazer amor com você desde o primeiro momento em que a vi, diz ele.

Já em cima dela, Didier levanta a saia de Nina e lhe abaixa a calcinha com sua mão experiente.

A princípio, Nina luta contra ele; então, olhando além de Didier para as copas das árvores, o deixa prosseguir.

Mais tarde, voltando pela *allée*, Didier para e colhe algumas das delicadas flores brancas cujo nome nenhum deles sabe e põe um pouco no cabelo de Nina. Beijando-a levemente no rosto, diz: Isso não foi tão ruim, foi?

Nina sacode as flores de seu cabelo e não responde.

No carro alugado voltando para Paris, Philip pergunta:

Como foi sua caminhada com Didier?

Boa.

Nina e Philip estão presos no trânsito, com longas filas de carros na frente e atrás deles. Algumas motocicletas passam ruidosa e triunfantemente entre os carros; os motoristas tocam suas buzinas inutilmente. Além disso, começou a cair uma leve garoa.

Por que todos voltam para casa ao mesmo tempo no fim de semana?, pergunta Philip. Eu deveria fazer um estudo de probabilidade. Ele liga os limpadores de para-brisa, que produzem um som rangente no vidro.

Talvez tenha havido um acidente. Odeio esse barulho, diz Nina.

Olhando-a de relance, Philip pergunta: Do que vocês dois falaram?

Eu e Didier? Ele me perguntou sobre universidades norte-americanas para Cécile, a filha dele. No ano que vem, depois que ela passar em seu *baccalauréat*.

Os carros começam novamente a andar devagar.

O idiota não sabe dar o sinal? Philip faz um gesto zangado com a mão para o motorista à sua frente.

Nós vimos alguns cavalos galopando pela *allée*. Acho que eram cavalos de corrida, observa Nina.

Aquelas *allées* foram desenhadas por André le Nôtre para o príncipe de Condé, primo de Luís XIV.

Eu sei, você me disse.

Há algo de errado?, pergunta Philip.

Uma dor de cabeça, responde Nina, tocando no lado de sua cabeça. Acho que estou ficando com enxaqueca.

Às vezes, quando Philip volta de algum lugar, Nina cheira a roupa dele, procurando um perfume desconhecido – patchuli, jasmim, tuberosa.

Qual é o nome dela?

O nome de uma cidade.

Sofia.

Mentiras por terrível omissão.

Ela fez um aborto.

Ela se serve do resto do vinho.

Deveria contar para ele?

* * *

No quarto escuro, Nina tenta distinguir as feições de Philip.
Ele pode ouvi-la?

Em algum lugar – Nina não lembra onde –, ela leu que cada um de nós é um conjunto de fragmentos de almas de outras pessoas, as almas de todas as pessoas que conhecemos.
Nina não acredita nisso.
Ela não é um fragmento da alma de Didier.
Didier morreu alguns anos atrás de câncer de cólon, e Nina escreveu para sua esposa, Anne, dizendo que se lembrava de como ele era cheio de alegria de viver e sempre abraçou a vida.
Abraçou-a, pensa ela.

Lá fora, Nina ouve um carro passando devagar. Vai até a janela e, afastando as cortinas, vislumbra as lanternas traseiras antes de desaparecerem na escuridão. Quem, pergunta-se, saiu a esta hora da noite? E para onde estava indo? Só há poucas casas na estrada e ela supõe que todos os seus ocupantes estejam dormindo.

A primeira cidade em que Nina morou foi Atlanta; a segunda Cincinnati; e então sua família foi enviada para o estrangeiro. Primeiro foram para Montevidéu, depois se mudaram para Roma e mais tarde Bruxelas. O pai de Nina trabalhava para uma empresa multinacional que fabricava produtos domésticos de limpeza: sabões, sapólios, detergentes. Em consequência de todas essas mudanças, Nina aprendeu a falar espanhol, italiano e francês, mas como teve de mudar de escola com muita frequência nunca aprendeu a falar nenhuma dessas línguas direito. Além disso, era difícil para ela fazer amizades; passava seu tempo lendo, sonhando acordada.

O que a fez pensar nisso?

As lanternas traseiras do carro desaparecendo?

Bem no início, quando Nina tinha 8 anos e morava no Uruguai, e muito antes de ouvir falar em solipsismo, teve a ideia de que só ela existia no mundo. Uma guerra, um crime horrível, ou apenas um prato caindo e quebrando no chão, uma porta batendo na casa ao lado só ocorriam em seu benefício. Tudo o mais era um vácuo, um enorme vazio, nada.

Ela se lembra de pouco do Uruguai: da sacada que dava para a rua do lado de fora da sala de jantar e da vez em que atirou um copo de água em um garoto que passava lá embaixo, com raiva porque ele havia olhado para cima e gritado: *Puta, puta*; do avental da escola com seu nome claramente bordado no peito com linha grossa vermelha que a tornava alvo de caçoadas – *Niña, niña*; da empregada a pegando na escola e a ensinando a enrolar os Rs.

RRRR – ela curva a língua e enrola os Rs em voz alta.

Ela não esqueceu como, e isso a agrada um pouco.

CaRRRavaggio – ela tenta novamente.

* * *

Um pouco impaciente, Philip diz que a pintura é sentimental demais. Afirma preferir o realismo vigoroso de *A conversão de São Paulo a caminho de Damasco* e *A crucificação de São Pedro*, as duas pinturas de Caravaggio em Santa Maria del Popolo.

Não consigo explicar isso, diz Nina quando eles saem da galeria, mas há algo no anjo que é muito sensual. Quase erótico. Ele é tão robusto – o modo como fica quase nu sobre uma perna, seu quadril se projetando para fora. Mas suas asas negras parecem pequenas e delicadas demais, como se tivessem sido pintadas como uma ideia tardia... Nina não completa a frase.

A caminho do restaurante – ou talvez tivesse sido enquanto eles estavam no Palazzo Doria Pamphili – a carteira de Philip é furtada. Somente depois que eles comeram e a hora de pagar chegou, Philip nota que sua carteira se fora. Então tem de passar a maior parte da tarde na delegacia de polícia e cancelar seus cartões de crédito – alguém já gastara mais de mil euros em eletrodomésticos – e ele perde várias palestras importantes.

Eu deveria ter prestado mais atenção, diz ele a Nina, batendo no bolso de sua jaqueta.

Diane, a outra mulher com quem Nina trabalha na galeria de arte, vai com ela. Seu namorado, um estudante de medicina, deu a Diane um número de telefone. Quando Nina o disca, um homem atende. Depois de perguntar com quantas semanas de gravidez ela está, dá-lhe um endereço e lhe diz para ir lá às duas horas, dali a dois dias, o que cai em uma quarta-feira –

mercredi. Além disso, ele lhe diz para comprar desinfetante e algodão – há uma farmácia na esquina da rua – e levar 2 mil francos novos em dinheiro. Em momento algum lhe diz seu nome.

Ele poderia tê-la matado.

Felizmente, exceto pela neblina, eles raramente enfrentam mau tempo. Somente uma vez foram apanhados por uma tempestade – a cauda de um furacão na Flórida –, com ondas quebrando no deque, o vento rasgando as velas e o barco adernando e deixando a água entrar.

Pobre *Hypatia*, diz Philip. Chegou perto de ser esfolada viva pela segunda vez.

No escuro, Nina estremece e bebe um pouco mais de vinho.

A retranca quebra o nariz e os dentes da frente de Philip; lá embaixo, Nina é atirada contra a beira do fogão e fratura uma costela.

O hospital na cidade costeira do Maine é pequeno, e a equipe eficiente e amigável. Eles não podem fazer nada em relação à costela fraturada de Nina, exceto avisá-la para não tossir ou rir e lhe dar analgésicos. O nariz de Philip é posto no lugar por meio da inserção de uma haste de metal por sua narina; Nina o ouve gritar. Philip está deitado perto dela na sala de emergência. Quanto aos seus dentes, o dentista em casa providenciará uma capa cara para eles.

* * *

Inclinando-se sobre a cama, Nina toca no rosto de Philip. Traça com os dedos o contorno do seu nariz. Ninguém diria que ele o havia quebrado.

Repetidamente, ela tenta pintar a óleo o retrato de Philip; a cada vez, insatisfeita, põe a pintura de lado. Os rápidos desenhos a carvão são melhores. O problema é a boca de Philip – ela nunca consegue fazê-la direito –, seus lábios se curvam de um modo não natural. Na última vez em que o pinta, quer que ele fique nu.
    Tire sua camisa, sua calça, seus sapatos e suas meias, diz-lhe.
    Sua cueca samba-canção também, acrescenta.
    Em pé com as mãos nos quadris, Philip se recusa a tirá-las.
    Não seja bobo, diz Nina.
    Não me sinto à vontade em pé aqui pelado, reclama ele. E está frio.
    Nu, não pelado, responde Nina. E pense em mim como uma profissional e não como sua esposa.
    Como posso não pensar em você como minha esposa?, pergunta Philip.
    Não sei. Você não devia ter imaginação?
    Ainda assim ele se recusa a tirar a cueca.
    Recentemente, em uma exposição, Nina viu uma pintura que Lucian Freud fez de sua mãe depois que ela morreu. Um belo e sereno retrato de uma mulher velha e enrugada com os olhos fechados e as mãos cruzadas sobre o peito, deitada de barriga para cima em uma estreita cama de ferro.

Ela não pode se imaginar pintando Philip agora.

A cueca samba-canção que Philip usa enquanto posa para ela é azul-clara, mas ela a pinta vermelha – carmim –, isso é o mais perto que chega de fazê-lo ficar nu.

Lorna de novo.

Nina topa com eles inesperadamente em um restaurante de comida natural popular. Sentados um em frente ao outro em um banco comprido, eles estão almoçando – sem se tocarem. O que a aborrece é como eles parecem animados. Quando a veem, param subitamente de falar.

Philip a chama com um aceno.

O que vocês estão comendo? Nina não consegue pensar no que dizer.

Ensopado de grão-de-bico. Quer provar? Philip lhe estende uma colher.

Não, obrigada. Nina faz uma careta.

O metabolismo de Philip é bom; ele não engorda. Come o que quer, e come de tudo.

Nina se lembra do frango esfriando lá embaixo – do molho e da gordura gelando juntos na bandeja. Ela prefere a carne branca, o peito; Philip prefere a coxa e sobrecoxa.

Como eles combinam bem.

* * *

Louise, pensa ela.

Obviamente Louise está dormindo, satisfeita depois do sexo, nos braços de um belo jovem. De manhã tudo mudará. O belo jovem será esquecido enquanto Louise fizer rapidamente sua mala, dirigir até o aeroporto e voar de volta para casa.

Louise, a paixão de Philip. Sempre forte e sensata.

Quando estava com 2 anos, Louise teve meningite espinhal. Nina não reconheceu os sintomas – febre e vômito – imediatamente. Na época, achou que Louise tinha gastroenterite ou havia comido algo que não lhe fizera bem.

Então Louise teve uma convulsão. Depois entrou em coma.

Dessa vez, Nina rezou. Na capela do hospital, ajoelhada, rezou sem parar. Acendeu velas para Louise. Fez a Deus todos os tipos de promessas que não podia cumprir.

Deus do céu, repete Nina para si mesma.

Deus do céu, repete, sem saber ao certo o que quer dizer.

Pastos verdes cheios de ovelhas brancas contentes é como ela vê isso. Usando vestidos cor de bala, Iris e Lorna esperam por Philip.

Como em uma novela ruim.

* * *

Mas seguir os trâmites – ir à igreja, se ajoelhar, rezar – é o que, segundo Philip, Pascal recomenda para pessoas como ela que ainda questionam a existência de Deus.

Nina tenta se lembrar das palavras do salmo: *O Senhor é meu pastor; nada me faltará. Ele me faz deitar em verdes pastos* – ela fecha os olhos para pensar, mas se esqueceu do que vem depois.

Uma canção diferente começa a tocar em sua cabeça:

Você não vai colocar sua cabeça sobre o peito do seu salvador
Eu o amo, mas Jesus o ama mais
E nós lhe desejamos boa-noite, boa-noite, boa-noite...

Eles não tinham ido uma vez a um concerto do Grateful Dead?

Uma noite quente e úmida de verão, o ar denso cheirando a maconha. O anfiteatro do Hearst Greek está cheio de pessoas balançando os braços e gritando. Nina mal consegue ouvir a música, muito menos as palavras – mas sabe a maioria delas de cor. Mantém os olhos fixos nos músicos, no pianista. Seus cabelos são compridos e divididos ao meio; ele parece drogado.

Nina se imagina com ele na cama.

E nós lhe desejamos boa-noite, boa-noite, boa-noite, ela e Philip cantam no carro a caminho de casa.

Nessa época eles chegam perto de se separarem.

* * *

A única amiga de Nina em Berkeley é a mãe de uma das colegas de classe de Louise. Magra e com cabelos escuros, Patsy é divorciada. Mora em um conjunto de apartamentos a alguns quarteirões da casa de Nina e Philip. Tem um namorado mais jovem, Todd. Ele trabalha em Mammoth como patrulheiro da estação de esqui. Em seu dia de folga, vem ficar com Patsy. Sempre chega com maconha e outras substâncias proibidas em sua mochila preta gasta.

Onde ele consegue tudo isso? Nina tem de perguntar.

Com esquiadores que quebram as pernas e lhe dão suas drogas escondidas, conta Patsy a Nina. Não querem ir para o hospital com essas coisas nos bolsos – as enfermeiras as confiscariam ou, pior ainda, os entregariam para a polícia.

A droga preferida de Nina é nitrito de amilo, que vem na forma de uma pequena cápsula azul que ela parte ao meio e cheira. Sente imediatamente o efeito. Seus vasos sanguíneos se dilatam e seu coração bate mais rápido.

Nitrato de amilo também é bom para o sexo, diz Patsy a Nina. Relaxa os músculos do esfíncter.

O quê... Nina começa a perguntar.

Enquanto suas filhas estão na escola, elas também fumam maconha.

Maconha faz Nina rir.

Esticada no chão da sala de estar de Patsy, no tapete sintético amarelo com um cheiro desagradável de produto químico, as venezianas abaixadas e o aposento escuro como se fosse noite, ela ouve um disco com uma gravação de uivos de lobo. Os uivos

– uma série deles – são descritos por um narrador com uma voz inglesa entrecortada.

Um uivo de alarme, diz ele.

Nunca, nunca – *rá-rá* – ela ouviu algo tão engraçado.

Um coro de uivos.

Rá-rá-rá – ela ri.

Auu, auu, auu – uiva ela como os lobos.

Perto dela no chão, Patsy e Todd estão namorando. Isso também a faz rir.

Nina nunca fala sobre isso com Philip.

Nunca fala sobre isso com a dra. Mayer.

Tarde demais para pensar nisso agora. O nitrito de amilo é usado para tratar doença cardíaca.

Mais uma vez Nina tenta se lembrar do que exatamente ele diz ao voltar para casa.

Estou um pouco cansado, vou subir para me deitar por alguns minutos antes do jantar, ou diz algo totalmente diferente?

Ela está desfolhando alface na cozinha. Não presta muita atenção.

Que dia! Todas aquelas reuniões! Você devia ouvir como alguns daqueles físicos falam sem parar.

Antes de subir, ele a beija no rosto.

Nina toca em seu próprio rosto. Este rosto.

Philip! Jantar!, grita para ele.
Philip, querido! Jantar!

Querido, meu bem, meu amor – palavras de ternura que ela raramente usa.

Nem Philip.
Ele diz: *Ma chérie.*

Ma chérie é como Philip se dirige a ela nas cartas que escreve quando ele volta para os Estados Unidos no verão. Escreve duas ou três vezes por semana – os telefonemas são caros e, de qualquer maneira, ela não tem telefone. Nem sempre Nina consegue ler o que ele escreve com tinta preta nos dois lados do papel vegetal com sua letra miúda e estreita; os envelopes aéreos azuis são endereçados a *Mlle. Nina Hoffman, 8 rue Sophie-Germain, Paris 14ème, France.*
Philip parece gostar quando ela lhe diz onde mora. Um sinal, observa ele.
Um sinal de quê?, pergunta Nina.
Você não sabe quem deu o nome à rua?
Nina franze as sobrancelhas. Não. Não sabe.
Sophie Germain foi uma matemática famosa do século XVIII que decidiu provar o último teorema de Fermat dizendo que n é igual a um determinado número primo e como os números primos não têm divisores...

Nina mora em um *chambre de bonne* no sexto lance de uma escada estreita, escura e abafada; tem de dividir o banheiro e a banheira com os outros ocupantes do seu andar.

Um sinal de não ter muito dinheiro, diz ela, interrompendo Philip.

"Uma das trocas de cartas mais importantes da história da matemática", diz Philip a seus alunos, "foi entre Blaise Pascal e Pierre de Fermat. Começou em 24 de agosto de 1654 e seu objetivo era encontrar uma solução para o problema do jogo interrompido.

"Considerem dois jogadores que apostam a mesma quantia em quem vencerá cinco jogos de cara ou coroa. Eles começam a jogar, mas são forçados a parar antes de haver um vencedor, sendo que um deles acertou duas vezes em três. A pergunta que Pascal e Fermat fazem é: como eles dividirão a aposta?"

Patsy nunca tem dinheiro suficiente e Nina lhe empresta um pouco. E durante algum tempo, depois que ela e Philip deixam Berkeley, Nina permanece em contato com Patsy. Então Patsy se muda para Santa Fe e depois Phoenix; a última carta de Nina retornou com *Endereço Desconhecido* carimbado no envelope.

"O modo como Pascal e Fermat resolveram o problema foi examinar todos os resultados possíveis do jogo se os dois jogadores o tivessem terminado arremessando a moeda cinco vezes.

E como um jogador, ao qual daremos o nome de Louise, minha filha de 6 anos, acertou duas vezes em três – arremessos que devem ter resultado em duas caras e uma coroa –, os dois arremessos restantes podem resultar em..."

Cara Cara, Cara Coroa, Coroa Cara, Coroa Coroa – escreve Philip no quadro-negro.

"E como cada um desses quatro resultados é igualmente provável, podemos prosseguir assim: no primeiro, Cara Cara, Louise vence; no segundo e terceiro, Cara Coroa e Coroa Cara, ela ainda vence; no quarto, Coroa Coroa, o outro jogador vence. Isso significa que em três dos quatro resultados possíveis Louise vence, e somente em um dos resultados possíveis o outro jogador vence. Louise então tem uma vantagem de três em um e a aposta deveria ser dividida na proporção de três em quatro para ela e um em quatro para o outro jogador. Estão me acompanhando?"

Silêncio.

"O que eu estou querendo dizer para vocês", acrescenta Philip depois de uma pausa, "é que as cartas de Pascal e Fermat em primeiro lugar nos mostraram como prever o futuro calculando a probabilidade numérica de um evento ocorrer e, mais importante ainda, como administrar o risco."

Em seu *chambre de bonne*, a cama, coberta com um tecido indiano, fica encostada em uma parede e se dobra em um sofá; do outro lado da cama há uma cômoda de madeira arranhada; em cima dela, uma chapa elétrica, alguns pratos, duas xícaras de porcelana e um rádio. Há um armário de madeira perto da janela e uma pilha de livros no chão; na prateleira sobre a pia estão seus cosméticos, sabonete, um pacote de papel higiênico pardo, algumas garrafas de água, uma garrafa de Johnnie Walker Red, um vidro cheio pela metade de Nescafé e um espelho de mão. Vários pôsteres da galeria de arte em que ela trabalha, anunciando exposições, estão pregados na parede. Dos ganchos na porta pendem alguns cabides com saias, vestidos, a jaqueta de couro dela e também um chapéu masculino.

Philip pega o chapéu e pergunta: De quem é?

De sua janela, Nina vê os telhados em mansarda. Esticando o pescoço, também consegue ver um jardim interno particular que, exceto por um pequeno cão branco que de vez em quando corre maniacamente ao redor, está sempre deserto. No prédio bem em frente, ela pode ver uma sala de jantar onde, à noite, uma família – pai, mãe e três filhos – faz sua refeição. Nina os observa conversando, rindo, passando seus pratos e enchendo novamente seus copos.

De manhã, frequentemente atrasada, Nina pega o metrô para o trabalho. Se não estiver chovendo ou frio, volta para casa a pé. Naquela primavera está usando um chapéu masculino. Acha que a faz parecer moderna.

Exceto pelas cartas que ele lhe escreveu muito tempo atrás, Nina recebeu poucas cartas de Philip. Ocasionalmente um cartão-postal de algum lugar distante onde ele assistia a uma conferência, que nem sempre Nina guardou. Um desses cartões-postais

– com um barco à vela chinês – chegou muito depois de o próprio Philip ter chegado em casa.

Na noite passada jantei no Peak na casa de um rico advogado chinês que é membro do conselho de administração da universidade aqui e sua esposa eurasiana. Eles têm uma coleção fabulosa de jade e também de porcelana da dinastia Ming. Comemos em algumas peças dela. O jantar consistiu em todos os tipos de pratos exóticos, inclusive testículos de galo! O tempo está glorioso. Sugiro que venhamos a Hong Kong imediatamente. Com todo o meu amor por você e Lulu, Philip

Sofia de novo.
Uma mulher esguia de cabelos escuros usando um *qipao* de seda justo e comendo testículos de galo com seus escorregadios palitos de marfim.

Qual o gosto que eles têm?

Os testículos de galo? Não sei. De borracha.

Ela fala inglês?, também pergunta Nina.

É claro. Ela estudou em Oxford e fala vários idiomas. Acho que disse que fala inglês, francês e espanhol. Para não mencionar cantonês e mandarim.

E a porcelana Ming? Como é?, insiste Nina.

Azul e branca. Philip franze ligeiramente as sobrancelhas e diz: O que me faz lembrar que Sofia contou que certa vez um convidado em um de seus jantares pegou uma tigela Ming para olhar a marca embaixo e a deixou cair. A tigela quebrou e, segundo o costume chinês, para o convidado não se sentir constrangido e o anfitrião demonstrar que não é excessivamente apegado aos seus bens, o anfitrião deve quebrar sua própria tigela.

E ela fez isso?

Philip dá de ombros. Suponho que sim.

Pobre convidado. Deve ter se sentido péssimo.

E o que você faria nessas circunstâncias?, pergunta ela.

Eu iria a um antiquário e tentaria repor as tigelas Ming quebradas.

Como dar a outra face.

Ela faria isso? Não, provavelmente não. Ela se zanga e se ofende muito rápido. Uma verdadeira ruiva, seus pais eram sempre rápidos em lhe lembrar.

O resultado de uma mutação genética, já que nenhum deles tinha cabelos ruivos.

Os ruivos representam 5% da população mundial, diz-lhe Philip enquanto eles estão deitados muito juntos na cama estreita de Nina no quarto de empregada na rue Sophie-Germain. A Escócia, também diz, enrolando uma mecha dos cabelos dela em seus dedos, tem a maior população ruiva. Na Córsega as pessoas acreditam que os ruivos trazem má sorte, mas eles representam boa sorte na Polônia.

Eu deveria me mudar para a Polônia.

Os ruivos tendem mais a ser picados por abelhas, continua Philip. E os egípcios queimavam todas as mulheres ruivas.

Não vou lá, diz Nina.

***

De qualquer maneira, os cabelos ruivos dela se tornaram grisalhos.

"Minha esposa tem cabelos ruivos. Ela prefere chamá-los de castanho-avermelhados", é como Philip começa outra palestra. "Como vocês podem ver, tenho cabelos pretos, embora estejam se tornando grisalhos." Os alunos riem. "Nossa filha, Louise, que tem 12 anos" – aqui Philip para por um momento –, "não, fez 13 agora, também tem cabelos pretos, o que me leva ao tema de hoje: o papel da probabilidade na hereditariedade. Todos vocês sabem como Gregor Mendel, o abade do século XIX da Moravia, começou seus experimentos com duas ervilhas, uma amarela e uma verde, realizou a fertilização cruzada delas e só obteve ervilhas amarelas. Depois realizou a fertilização cruzada da segunda geração de ervilhas e obteve três quartos de ervilhas amarelas e um quarto de ervilhas verdes. Aquele não era um experimento novo, mas ninguém o havia explicado até Mendel fazer isso. Ele mostrou que a semente de um fruto das duas ervilhas originais – a amarela e a verde – contém as seguintes combinações: amarelo-amarelo, amarelo-verde, verde-amarelo, verde-verde; e que a semente que contém um gene amarelo quase sempre produz uma ervilha amarela porque o amarelo é a cor dominante..."

Antes de ir para a cama, Nina aumenta o volume de uma estação de música popular no rádio para abafar o som de eles fazendo amor.

Philip tira os sapatos e as meias, e depois a camisa e a calça, cantando junto com Johnny Hallyday "Let's Twist Again".

Ele a faz rir.

Imitando o modo como Johnny Hallyday pronuncia *year* como *yar*, Philip sobe na cama para perto de Nina.

No quarto ao lado, a babá suíça bate na parede.

Ela só está com inveja, diz Philip. Sem perder o ânimo, sobe sobre Nina e começa lentamente a se mover, fazendo a estreita cama bater ruidosamente na parede.

Nina começa a rir de novo.

Pare, Philip, diz-lhe enquanto ele a segura com mais força e se move mais rápido dentro dela, fazendo a cama balançar e bater na parede.

Ou vou gozar.

Yar, diz ele.

A babá suíça bate novamente na parede.

A veneziana de novo.

Quem disse que os sons são amplificados à noite?

Philip?

Não, Andrew.

Um cão começou a latir. O velho labrador amarelo do vizinho, imagina ela.

Não consegue se lembrar do nome dele.

Pobre Natty Bumppo envenenado.

* * *

Nina não consegue sair da cama, não consegue chegar até a pia, e vomita no cesto de lixo ao lado da cama. Depois vomita na cama. Durante todo o dia e toda a noite, vomita dolorosa e violentamente até não restar mais nada dentro dela além de bílis e se sentir como se estivesse vomitando suas entranhas. Tem certeza de que vai morrer.

Finalmente, ela dorme. Então ouve batidas.

Meu Deus, diz Philip. O que aconteceu?

Que horas são? Lá fora, começou a escurecer. Deve ser o dia seguinte.

Telefonei para a galeria e disseram que você não foi ontem nem hoje.

Eu estava doente, diz Nina. Com enxaqueca.

Ela se sente fraca, mas melhor. O quarto está abafado e cheira a vômito. Lenta e cuidadosamente, põe as pernas para fora da cama – pernas que parecem finas demais para suportar seu peso – e vai abrir a janela.

Deixe-me tomar um banho e depois limparei essa sujeira, diz.

Vou ajudá-la, diz Philip.

Ele enche a banheira para Nina e a segura firmemente enquanto ela entra na água morna.

Deite-se e apoie a cabeça no meu braço, diz Philip.

Você vai ficar molhado.

Enrolando as mangas de sua camisa para cima, Philip se ajoelha ao lado da banheira e lava o vômito grudado nos cabelos dela.

Feche os olhos e relaxe, diz-lhe.

Você já pensou em se tornar enfermeiro?, pergunta Nina.

Você viu uma aura?, pergunta Philip. Como na epilepsia, você devia ver uma.

Nina, com os olhos fechados, só ouve parte do que ele diz. Talvez algumas luzes, responde.

Os epiléticos eram considerados sagrados. Alguns povos ainda acham que são. Os hmong, por exemplo, no Laos, continua Philip.

Deitada na banheira com água morna no estreito banheiro do sexto andar do prédio de apartamentos na rue Sophie-Germain, e com a cabeça apoiada no braço de Philip, Nina chega perto de lhe contar o que aconteceu na floresta de Chantilly, mas não conta.

Em vez disso, pergunta: Como você sabe disso?

Conheci uma garota que era epilética.

Abrindo os olhos, Nina pergunta: Quem?

Uma garota chamada Michelle, da minha turma de inglês, responde Philip. Ela estava representando a cena de sonambulismo em que Lady Macbeth tenta lavar o sangue das mãos quando de repente revirou os olhos e caiu, com seu corpo se sacudindo no chão. Por um momento, todos nós pensamos que aquilo era parte do ato, Michelle representando Lady Macbeth, mas é claro que não era.

Quando eu estava no ensino médio em Bruxelas, representei Lady Macbeth, diz Nina, se levantando.

Voici l'odeur du sang encore, tous les parfums de l'Arabie ne sera pas adoucir cette petite main, recita ela, dando a mão para Philip enquanto sai da banheira. É engraçado como eu me lembro dessas falas.

Sua mão tem um cheiro ótimo, só está molhada, diz Philip, inclinando-se e beijando a mão de Nina.

Durante um longo tempo, Nina fica convencida de que as enxaquecas são punições por suas mentiras.

O cão do vizinho ainda late – o som está mais próximo. Eles devem tê-lo deixado fora de casa para não acordar o bebê.

Ela pensa no cão em Pantelleria – deitado em uma vala, atropelado, supõe.

Enxaqueca é como Nina chama a série de grandes telas vermelhas quase monocromáticas em que combina camadas, borrões e gotejamento de tinta. As pinturas ocupam quase toda a parede de seu ateliê e são diferentes de tudo que ela já fez.

Uma experiência, diz a Philip, quando as mostra para ele.

Interessantes, mas perturbadoras, observa Philip.

Nina interpreta isso como se ele não tivesse gostado.

Ela não tem nenhuma enxaqueca quando está grávida de Louise.

Novamente, vê isso como um sinal.

Contudo, depois que Louise nasceu, as enxaquecas voltaram piores.

* * *

Agora ela toma medicação.

Nessa tarde, alertada pelo tremular de luzes e leve latejo em sua cabeça, ela sai do ateliê e aplica uma injeção em si mesma. Depois se deita no sofá da sala de estar. O sofá está rasgado e com a chita antiquada desbotada. Nina planeja estofá-lo, mas até agora não fez isso. Uma parte dela não deseja fazer mudanças e Philip não parece notar ou se importar com o quanto alguns dos seus móveis – que eles têm desde que se casaram – estão gastos. As cortinas da sala de estar também precisam ser substituídas, reflete Nina antes de cair no sono. O sol apodreceu seus forros.

Quando Nina acorda, a dor de cabeça desapareceu. Aliviada, ela fica um pouco mais no sofá, para apreciar a sensação de bem-estar. Empilhados sobre a mesinha de centro próxima há jornais de ciências; ela pega e folheia um. Passa os olhos por um artigo descrevendo como experimentos unindo cirurgicamente ratos velhos e novos são usados para pesquisas de biologia regenerativa. Ao virar a página, algumas fotografias de arte agrícola japonesa chamam sua atenção. Ela lê que todos os anos os fazendeiros do vilarejo de Inakadate, distrito de Minamitsugaru, província de Aomori, na extremidade norte de Honshu, plantam o arroz de folhas roxas e amarelas Kodaimi com o arroz de folhas verdes Tsugaru-romano para criar enormes imagens baseadas em obras de artistas japoneses famosos. As imagens, segundo o artigo, são primeiro traçadas em computadores e depois marcadas com junco nos arrozais.

Você viu isso?, planeja perguntar a Philip quando ele chegar em casa.

Você poderia experimentar fazer isso com alface: vermelha, romana, Bibb...

Em vez disso, ele sobe a escada para morrer.

Philip se orgulha de sua horta. Nos fins de semana quentes de primavera sai cedo para arar, capinar, plantar e arrancar ervas daninhas. No verão, eles têm mais vegetais do que conseguem comer.

A fotografia que ela quer mostrar para Philip é de um guerreiro do período Sengoku em seu cavalo. O cavalo é feito com o arroz Kodaimi de folhas amarelas e retratado com a crina e o rabo voando, e suas narinas dilatadas são feitas do arroz Kodaimi de folhas roxas.

Agora quem cuidará da horta?

Ela se força a pensar em outra coisa.

Jardins franceses.

Parc Montsouris, com mais de cem variedades de árvores e arbustos de todo o mundo – Nina não consegue se lembrar de nenhuma delas, só dos salgueiros-chorões –, é o favorito de Philip.

O dela é o Jardin du Luxembourg.
Fechando os olhos, Nina refaz seus passos.

Na primavera, quando ainda está claro e os portões do parque não se fecharam, ela caminha pela rue Jacques-Callot, onde trabalha, e logo vira à esquerda para a movimentada rue de Seine. Depois se apressa a atravessar o boulevard Saint-Germain e continua até chegar a uma loja estreita que vende joias antigas na esquina da rue Saint-Sulpice. Para por um momento a fim de admirar os braceletes e anéis art déco e, em particular, um broche em formato de libélula com asas de esmeraldas e rubis, desejando poder tê-lo, até que um dia o broche não está mais na vitrine e ela lamenta sua perda como se tivesse lhe pertencido. Certa vez vê uma loira esguia – não mais velha do que ela – sentada na loja perto da vitrine, com a cabeça abaixada e passando pérolas por um fio. Lembrando-se de alguém – que não consegue identificar – e atraída pela rapidez com que a mulher move as mãos, ela para novamente e, sem dúvida sentindo a presença de Nina, a jovem ergue os olhos e lhe sorri através do vidro. Mais alguns passos e a rue de Seine se torna a rue de Tournon, uma rua larga e elegante margeada de casas antigas e lojas caras. Na próxima esquina, um café. Logo adiante o prédio imponente do Senado e, de um lado, a entrada para o Luxembourg. Nessa época do ano as pereiras estão floridas, e tulipas vermelhas e amarelas brilhantes ladeiam os caminhos. Quando Nina chega ao tanque, puxa duas das cadeiras de metal verde – uma para se sentar e a outra para pôr os pés em cima – e observa as crianças que ainda estão empurrando com longas varas seus barcos para a água de aparência repugnante, e ouve as mães as repreendendo. Sempre um homem arrasta uma cadeira para se sentar perto dela.

Vous avez l'heure, Mademoiselle?
Ela finge não entender.
Voulez-vous prendre un café?
Frequentemente, o homem a segue durante parte do caminho pelo jardim e Nina finge não notar.

Subitamente ela se lembra de uma piada boba: uma garota americana, prevenida contra os perigos representados pelos homens franceses, aprende uma palavra em francês para desencorajar seus avanços. A palavra é *cochon!* – porco! –, e quando um homem a assedia no metrô ela se vira para ele e grita: *Couchons!* – Vamos nos deitar!

Embora sempre olhe, Nina nunca volta a ver a bela jovem loira sentada na loja perto da vitrine e passando pérolas por um fio.

Pensando nisso agora, a bela jovem loira a faz lembrar de Iris.

Escondidos sob os galhos dos salgueiros-chorões em Parc Montsouris, ela e Philip se sentam em cima de um cobertor sobre o qual espalharam o lanche que trouxeram para seu piquenique. Assim que terminam, deitam-se e Philip começa a beijá-la. Beijos com sabor do vinho tinto que ele bebeu. Beijos longos, contínuos, com Philip empurrando a língua para dentro da sua boca e a explorando até Nina ter de tomar fôlego.

Espere, tenho de respirar, diz ela, afastando-o.

Philip estende a mão para a garrafa e bebe mais vinho.

Balançando a cabeça distraidamente, Nina toma outro gole de vinho. Ao erguer a taça, vê que está quase vazia.

Ela suspira.

Escondidos como estão pelos salgueiros-chorões pendentes, ninguém pode ver a saia de Nina levantada e a calça com o zíper aberto de Philip. Nina ouve um casal sentado em um banco próximo discutindo, uma criança sendo conduzida em sua bicicleta e alguém empurrando um carrinho de bebê rapidamente. Philip pressiona sua cabeça contra a dela, seus lábios na curva do pescoço e nos cabelos de Nina para tentar abafar os sons que ele emite. Olhando para cima, ela vê um pássaro dar seu alarme.

Nina se lembra do gato.

Silenciosamente, um gato branco magro com um olho só e uma pele enrugada cor-de-rosa cobrindo o outro glóbulo surge dos galhos dos salgueiros-chorões enquanto eles estão lanchando. Nina lhe atira pedaços de seu sanduíche de presunto.

Ele nunca irá embora, diz Philip. Você não deveria fazer isso.

Pobrezinho, parece faminto, diz Nina. Eu gostaria que tivéssemos um pouco de leite.

O gato parece doente, observa Philip. Eu não tocaria nele.

Nina se levanta e, com a mão estendida, anda na direção do gato.

Aqui, gatinho, aqui, gatinho.

O gato se vira e corre.

Mais tarde, quando Nina está sacudindo o cobertor e Philip recolhendo as embalagens de alimento e a garrafa de vinho vazia, o gato reaparece.

Com o rabo erguido no ar, caminha para Nina e se esfrega nas pernas dela.

Nina se abaixa e o acaricia. O que aconteceu com seu olho?, pergunta. Eu deveria levar você para casa, diz também.

Algo mais sobre um gato.

Algo que ela nunca conseguiu entender direito.

Fale-me de novo, sussurra para Philip.

Prometo que dessa vez tentarei entender.

A experiência visa ilustrar a inutilidade de usar a mecânica quântica para tentar avaliar os objetos diários. Pondo um gato vivo em uma caixa fechada...

Um gato vivo? Que crueldade!

Não, eu lhe disse que isso é uma experiência imaginária – pondo um gato imaginário em uma caixa junto com uma pequena quantidade imaginária de material radioativo suficiente apenas para, no decorrer de várias horas, um dos átomos nesse material poder ou não decair e emitir uma partícula, o que por sua vez acionaria um martelo que quebraria um frasco de ácido cianídrico e mataria o gato...

Mas não vejo como o...

Nina, deixe-me continuar, diz Philip um pouco rispidamente.

Schrödinger tentou mostrar que o destino do gato depende de um evento microscópico que, por sua vez, depende do comportamento imprevisível das partículas, que não são regidas pelas leis que conhecemos, são regidas pelas probabilidades. Você não pode imobilizá-las, só pode dizer que elas podem ficar neste ou naquele estado. A cada um desses estados é atribuído algo chamado de função de onda de probabilidade, e entender as funções de onda de probabilidade é crucial para a compreensão da mecânica quântica. Está entendendo o que eu disse até agora?

Bem, não. Não entendo o que você quer dizer com função de onda de probabilidade.

Não é a única. Ninguém realmente entende isso.

Está falando sério?

A função de onda de probabilidade não pode ser entendida no sentido normal, porque não faz sentido logicamente. Só faz sentido matematicamente.

Mas voltando ao gato, continua Philip, quando a caixa é fechada não sabemos se o átomo decaiu ou não, o que significa que pode estar no estado decaído e não decaído ao mesmo tempo. E como o decaimento de partículas não é previsível, as duas realidades – a do gato morto e a do gato vivo – podem existir simultaneamente. Apenas abrindo a caixa se poderá observar a natureza do verdadeiro estado do gato.

Ainda não entendi, diz Nina, balançando a cabeça. Ou isso é como o enigma da árvore caindo na floresta sem ninguém lá para ouvir?

É apenas parte disso. A árvore caindo na floresta pode apontar para questões do universo perceptível, mas se alguém está lá ou não para ouvir não significa que a árvore está tanto em pé quanto caída. Você está entendendo a diferença, não está?

Nina não gosta do tom dele. Do modo como enfatiza certas palavras para lograr seu intento e do modo como fala com ela, como se fosse uma criança.

Nina não responde.

Não se preocupe com isso, continua Philip. Pense apenas no gato como uma metáfora para o paradoxo inerente à física quântica.

Aos olhos da mente dela, o gato na caixa fechada e o gato magro de um olho só que viu em uma tarde de primavera em Parc Montsouris são idênticos.

Deve ser muito tarde.

Ela fica tentada a gritar.

Mas ao descer as escadas teme não conseguir parar.

Eles estariam na cama agora, dormindo.

Assim que Philip se deita, ele dorme. Às vezes ele ronca um pouco.

Nina acorda durante a noite. Sempre acorda a uma metade de hora: às 3:30, 4:30, 5:30.

Ela frequentemente sai da cama, afasta as cobertas devagar para não incomodar Philip e desce a escada tateando no escuro. Na cozinha, abre a geladeira e encontra algo para beber. Depois, atravessa o corredor da frente até a sala de estar, acende a luz e se deita no sofá para ler.

Lê o que estiver à mão. Livros, revistas, receitas: *daube de boeuf à la provençale* cozido com alho e anchovas lhe dá água na boca.

Daube, repete para si mesma.

Ela planeja fazer isso algum dia.

Uma surpresa para ele.

Além de testículos de galo, o que mais você comeu?, pergunta Nina.

Sopa de ninho de andorinha. Deliciosa, diz Philip, estalando os lábios.

Os ninhos são feitos com saliva – saliva de ave.

Nina faz uma careta.

Dizem que eles contêm altos níveis de cálcio, ferro e magnésio, e certas propriedades medicinais, diz Philip, sem prestar atenção a ela, como ajudar na digestão, aliviar a asma...

Nina imagina Philip raspando o resto do ninho comestível de andorinha do fundo de uma preciosa tigela Ming azul e branca.

... e aumentar a libido.

Segundo Sofia – a mulher em cuja casa jantamos – a marca na base de uma peça de porcelana chinesa, continua Philip mudando de assunto, designa o reino do imperador na época em que a peça foi feita. Depois do jantar ela me levou para conhecer a casa e me mostrou alguns dos mais valiosos...

 Como era a casa?, interrompe-o Nina.

 Muito moderna, toda de vidro, elegante. Mas deixe-me terminar. A tigela de que me lembro particularmente era do período Chenghua, no século XV, e tão fina que era possível ver através dela, mas a marca em sua base era muito tosca e Sofia explicou que o motivo era que tinha sido feita pelo imperador quando ele era muito jovem e sua letra ainda não havia se desenvolvido adequadamente.

 Philip terminou sua sopa de ninho e ela o imagina novamente erguendo a tigela no ar para ver a marca embaixo.

 Philip deixa a tigela cair e ela se quebra.

"Imaginem uma xícara de chá se espatifando no chão", diz Philip à sua classe. "Se vocês tivessem filmado isso, poderiam passar o filme de trás para frente e ver todos os pedaços subindo e se juntando de novo. Obviamente isso não pode ser feito na vida comum. Acreditem em mim, tenho tentado, embora minha esposa se queixe de que logo não teremos mais nenhuma porcelana." Ninguém ri. "A explicação para isso", continua ele, "é que essa desordem ou entropia dentro de um sistema fechado sempre aumenta com o tempo. Em outras palavras, deixado por sua própria conta, tudo decairá. A xícara, que parece um objeto muito delicado, na verdade é uma coisa altamente ordenada. Foi preciso energia para torná-la assim e, quando a xícara se quebra, um pouco dessa energia é perdida e a xícara fica em um estado desordenado. O aumento da desordem ou entropia com o tempo é um exemplo do que é chamado de seta da vida. A seta da vida distingue o passado do futuro e..."

O tempo, diz Nina servindo uma xícara de café para Philip de manhã, é o que impede que tudo aconteça de uma vez.
Philip ergue os olhos de seu jornal. Onde você ouviu isso?
Não ouvi. Li.
Onde?
Uma pichação. Em um banheiro público.
Está brincando!

"Porém, se o universo parasse de se expandir e começasse a se contrair", continua Philip, "a desordem ou entropia diminuiria e então, como no filme passado de trás para frente que mencionei, veríamos pedaços de xícaras quebradas em toda parte subindo e se juntando de novo. Além disso, poderíamos nos lembrar de acontecimentos no futuro, mas não de acontecimentos no passado."

Para o fim de semana, Nina alugara *O conformista*, de Bernardo Bertolucci e *A liberdade é azul,* do diretor polonês cujo nome ela não consegue pronunciar e que começa com *K*.
O nome é Krzysztof Kieslowski.
Nina acha que Philip escolherá *O conformista*. Ele gosta de Dominique Sanda. Viu-a em *O jardim dos Finzi-Contini*. E o que disse sobre ela? Ela é ótima e sexy.

Em geral, Philip prefere mulheres loiras.

Nina escolheria rever *A liberdade é azul*, um dos filmes da trilogia *A liberdade é azul, A igualdade é branca, A fraternidade é vermelha*.

Em sua mente, uma grande bandeira francesa se agita ruidosamente com um súbito golpe de vento – *liberté, égalité, fraternité*.

Azul representa liberdade e, no filme, Juliette Binoche faz o papel de uma mulher que perdeu o marido e a filha em um acidente de carro.

Louise está viva.

Mas e se o avião que ela pegar amanhã sofrer um acidente? E se houver um problema na decolagem ou uma variação brusca do vento na aterrissagem? E se, a caminho do aeroporto, ela sofrer um acidente? Distraída, Louise não vê o sinal fechar no cruzamento ou, não por culpa sua, um motorista bêbado cruzar a faixa divisória na via de mão dupla e bater no Jetta vermelho de Louise? E se...

Ela deve parar de pensar nessas coisas.

No escuro, Nina tenta ver o rosto de Philip.

Mais uma vez, lembra-se da experiência de Schrödinger.

Se Philip permanecesse inobservado, como o gato na caixa fechada – embora ela saiba que a substância radioativa que pode ou não quebrar o frasco de ácido cianídrico é uma parte essencial da experiência –, ele estaria ao mesmo tempo morto e vivo.

Como isso pode ser?

Mas nossos cérebros – quantas vezes Philip tentou explicar isso? – não podem funcionar no mundo da incerteza quântica. A mecânica quântica é uma construção matemática que admite duas alternativas incompatíveis, atribuindo a cada uma sua probabilidade.

Somente se aceitamos uma interpretação da mecânica quântica, continua ele a dizer – mas ela parou de ouvir e está pensando em outra coisa: como misturar suas tintas para obter o vermelho carmim certo? Por quanto tempo deve manter o *daube de boeuf* no forno? –, podemos começar a imaginar que um número infinito de réplicas de nós mesmos está levando vida paralela e a cada momento mais delas ganham vida para assumir seus futuros opcionais.

Alienígenas. Ficção científica.

Em um universo alternativo, em outra realidade, Philip é mais baixo, mais jovem e louro. É um bombeiro, um corretor de imóveis, um piloto de avião. É casado com outra pessoa.

E está vivo.

E ainda...?

Prendendo a respiração, ela tenta ver se há qualquer movimento sob a colcha de losangos.

Se Philip está respirando.

Juliette Binoche está bonita em um traje de banho. No filme, nada em uma piscina pública em uma tentativa de diminuir sua tristeza. A água e tudo ao redor é azul.

* * *

De uma plácida cor azul.

Qual é, Nina tenta pensar, a palavra para a combinação de dois sentidos?

Philip saberia.

Richard Feynman, um dos professores de Philip, via equações coloridas – *js* bege-claros, *us* azul-violeta e *xs* marrom-escuros flutuando ao redor. Além de assistir aos seus seminários em Cal Tech, Philip frequentemente ia à casa de Richard Feynman para ouvi-lo tocar bongô.

Sinestesia. De repente ela se lembra da palavra.

Iris, independentemente das letras individuais, é azul, é claro. Um azul-claro celestial da mesma cor do manto da Virgem Maria.

O azul do Caribe é diferente – esverdeado, cor de água-marinha. Um azul brilhante.

O azul dos olhos de Jean-Marc.

Eles passaram férias em várias ilhas: St. Martin, Guadeloupe, Martinique – ilhas francesas.

Ilhas de novo.

Tomando banho de sol em Marigot Beach, Philip olha descaradamente para as francesas fazendo topless.

Você está olhando, diz-lhe Nina.

Deitada perto dele de barriga para baixo, ela está lendo *A pessoa em questão*. Nabokov também atribuiu cores especiais a números e letras – *s* e *c* são tons de azul; *f*, *p* e *t* são verdes; *e* e *i* são amarelos; *b* e *m* são de tons diferentes de vermelho. De vez em quando, ela olha de relance para Philip.

Você se esqueceu do seu livro?

Não. Balançando a cabeça, Philip ergue seu livro brochado, *The Moving Toyshop*. Nas férias, ele gosta de ler livros de mistério.

Nina ouve Philip virar as páginas, mas quando olha para ele percebe que não está mais lendo. Está olhando de novo. Seguindo seu olhar, ela também observa uma jovem esguia em pé com a água até os joelhos. A jovem se curva e joga água em si mesma e em seus pequenos seios morenos, antes de entrar mais no mar. Ela usa uma calcinha de biquíni com estamparia de flores vermelhas que cobre apenas parte de suas nádegas. Gritando, um jovem robusto e muito bronzeado passa correndo por ela espirrando água e, agarrando seu braço, a arrasta mais para o fundo. Quando eles voltam à superfície, estão rindo.

Nina desvia o olhar.

A seguir eles se beijarão.

Nina se vira de barriga para cima e, encorajada pelas mulheres francesas, tira o sutiã de seu biquíni. Seus seios parecem surpreendentemente brancos comparados com o resto de seu corpo bronzeado, mas estão bastante firmes.

Nina!, exclama Philip quando se vira para lhe pedir para passar óleo de bronzear nele.

O quê?

Você não pode fazer topless.

Por que não? Todo mundo está fazendo.

Sim, mas não é decente todo mundo ficar olhando para seus seios.

Você olha para os seios de todo mundo. Qual é a diferença?

Essa não é a questão.

Qual é?

Você sabe muito bem o que eu quero dizer.

Levantando-se, Philip se afasta.

Quebrei minha perna caindo de uma árvore, conta-lhe ele. Estava brincando com Harold e caí de mau jeito.

Ele o empurrou?

Nós tínhamos gravetos. Estávamos lutando um com o outro.

Em uma árvore?

Sempre fazíamos coisas malucas assim.

Você não se dava bem com o Harold?

Sim, eu me dava bem com ele. Só lutávamos o tempo todo, como a maioria dos irmãos faz.

Pobre Harold. Nina não quer pensar nele deitado na grama do lado de fora da tenda com a braguilha aberta.

Philip e Harold nasceram com um ano e dois meses de diferença um do outro.

Nina havia visto uma foto em preto e branco deles quando eram garotos – Philip parecia ter uns 12 anos e Harold 11 –, usando macacões e com os braços ao redor um do outro. Atrás há uma casa com uma grande varanda na frente e, nela, um obsoleto balanço de ferro com cobertura. Philip é mais alto do que Harold e segura pela coleira Natty Bumppo, sentado entre eles. Os dois garotos estão apertando os olhos para evitar o sol.

A foto foi tirada na fazenda dos meus avós em Wisconsin, conta Philip a Nina. Nós íamos para lá todos os verões.

Mais ou menos na mesma idade, quando está morando em Montevidéu, Nina inventa uma irmã gêmea para si. A gêmea é idêntica e se chama Linda.

Linda, em espanhol, significa bela – *muy linda*.

Linda é uma boa companhia e Nina confia nela. É sua melhor amiga e a única outra pessoa que existe no mundo.

Elas são inseparáveis.

Linda, sussurra ela.

Linda, diz um pouco mais alto.

Não há nenhuma resposta.

Inclinando a cabeça para trás, Nina bebe o resto do vinho.

A garrafa está vazia.

Na época, ela culpa Linda por atirar da sacada o copo de água no garoto na rua.

Linda também rouba de uma loja uma cara caneta preta e dourada, e Nina é punida por isso.

Sentindo calor, Nina vai até a janela e a abre, deixando entrar uma brisa fresca que faz as cortinas novamente se ondularem. Ela fica lá por um instante envolta em suas dobras. Tudo está escuro e quieto e parece irreal.

Então – depois de fechar a janela e as cortinas –, um pouco cambaleante e se segurando nas colunas, ela vai para o seu lado da cama. Chuta os sapatos para fora dos pés e se deita perto de Philip.

Mais uma vez, estende o braço e toca o rosto dele.

Frio.

As mãos.

Muito frias.

Nina suspira profundamente e fecha os olhos por um momento.

Sexo.

Ela não quer pensar em sexo.

Mas pensa.

Eles estão nus na cama.

Onde? – Paris? Pantelleria? Belle-Île?

Pantelleria.

Está quente, muito quente. São quatro da tarde, segundo o despertador na mesa perto da cama. Philip se aproxima e toca em seu estômago. Há uma pequena poça de suor na cavidade entre os ossos de seus quadris.

Meu Deus, como está quente!, diz ele.

Abrindo os olhos lentamente e entorpecida pelo sol e pelo vinho no almoço, Nina se concentra na cortina de contas na entrada do quarto que dá para o terraço. O quarto está cheio de sombras em movimento, feixes de luz se infiltrando através das contas e formando padrões tremeluzentes nas paredes, no chão e na cama. Lá fora, ainda está muito claro. Há algo vermelho sobre uma cadeira no terraço – o sarongue deixado por Nina. Ela ouve o cão mudar de posição deitado à entrada, guardando-a. Sente cheiro de mar, terra e podre.

Philip se vira para ela, seu rosto vago, calmo e inexpressivo como um daqueles retratos flamengos de um santo medieval. Ele põe um braço ao seu redor e começa a beijá-la. Beija-lhe a boca, os seios, o umbigo e, mais abaixo, a vagina. Philip não se barbeia todos os dias e o rosto dele arranha a pele de Nina, mas ela não se importa. Segura a cabeça dele com força entre suas pernas enquanto goza. Quando Philip sobe em cima dela, ela pega o pênis dele em sua mão.

Não. Deixe-me, diz ele.

Dentro dela, Philip começa devagar, olhando para o rosto de Nina como se o visse pela primeira vez, e ela olha para ele. Eles não falam enquanto, cobertos de suor, seus corpos se chocam um contra o outro cada vez mais rápido até Philip gozar. Depois, ele fica deitado em cima de Nina sem se mover, como se estivesse morto, com a cabeça repousando pesadamente em seu braço, e ela não se mexe.

Quando finalmente Philip sai de cima dela, diz: Estou feliz.

Nina repassa a cena mais uma vez em sua mente.

E de novo.

Faz algumas mudanças.

Ela está em cima de Philip, subindo e descendo, apoiada nas mãos e nos joelhos, com os seios balançando perto do rosto dele; está deitada sobre seu estômago, com o rosto contra um travesseiro, enquanto ele a penetra por trás.

Mas sempre há o mesmo calor sufocante; a mesma luz dispersa no quarto separado do terraço pela cortina de contas; o cão mudando nervosamente de posição lá fora; um vislumbre de seu sarongue vermelho jogado sobre a cadeira e o cheiro acre de mar, terra e podre.

Depois, Philip lhe diz: Estou feliz.

Nesse momento ele não está pensando em números; não está contando.

E sempre, cuidadosamente, ela cheira o ar.

Sacos plásticos azuis cheios de lixo, atirados de janelas de carro por pessoas que fazem piqueniques, pontilham a única estrada principal de Pantelleria. Muito antes de serem recolhidos, os sacos se rompem ao sol ou um cão ou animal selvagem mastiga o plástico fino para pegar o que há dentro. Se o vento estiver a favor, ela consegue sentir da sua casa o cheiro de lixo podre.

Em uma vala, a carcaça do cão, Roma.

O quarto começou a girar e Nina abre os olhos.

Ela se senta e ajeita o travesseiro em suas costas.

* * *

Nina bebe demais em um almoço anual do corpo docente para o qual os cônjuges são convidados.

Um almoço para celebrar *pi* em 14 de março, exatamente às 13:59.

Uma tradição boba, diz ela a Philip.

E a data do nascimento de Albert Einstein, responde ele. Uma bela coincidência.

My turtle Pancho will, my love, pick up new mover, ginger, recita um jovem professor-assistente. A frase sem sentido é uma mnemônica baseada no código fonético para os primeiros 27 dígitos do símbolo matemático *pi*.

My movie monkey plays in a favorite bucket, um belo jovem candidato a ph.D. recita risonhamente outra mnemônica para os próximos 17 dígitos.

Que j'aime à faire apprendre un nombre utile aux sages!
Immortel Archimède, artiste ingénieur,
Qui de ton jugement peut priser la valeur?
Pour moi, ton problème eut de pareils avantages

O chefe do departamento, um homem de quem Philip não gosta, declama em francês perfeito.

Nina pede licença e se levanta da mesa para ir ao banheiro enquanto Philip bate em seu copo com seu garfo e se prepara para se levantar.

Ele concordou em recitar de cor os primeiros cem dígitos de *pi*.

31415926535897...

Nina está jogando água fria no rosto, quando o jovem professor-assistente entra.

Acho que você se enganou, diz ele, sorrindo. Este é o banheiro masculino.

Olhando ao redor, ela nota pela primeira vez os mictórios; também nota as pichações na porta de uma das cabines.

Tem razão, responde ela, corando. Desculpe-me.

... 640628620899.

Na sala de jantar, as pessoas estão batendo palmas. Philip deve ter terminado.

Cem não é nada, diz Philip enquanto Nina se senta à mesa. Até agora Hideaki Tomoyori, do Japão, detém o recorde. Ele memorizou os primeiros 40 mil dígitos do *pi*.

Ele precisou de nove horas para recitá-los, acrescenta Philip, rindo. E durante todo esse tempo não fez nenhum intervalo para comer, beber ou ir ao banheiro.

O tempo é o que impede que tudo aconteça de uma vez – Nina deseja se lembrar do que estava escrito na porta de uma das cabines do banheiro masculino.

O código fonético, afirma Philip, ajuda a transformar números sem sentido em palavras significativas e pode ser usado para lembrar de números de telefone e códigos postais. Por exemplo, diz ele a Nina, 1 é *t* ou *d*; 2 é *n*; 3 é *m*; 4 é *r*; 5 é *l*, de modo que *my* é 3 e *turtle* é 1, 4, 1 e 5, e assim por diante. Cada dígito é associado a um som de consoante e é assim que eu consigo me lembrar dos cem primeiros dígitos de *pi*.

A propósito, aonde você foi?, pergunta ele.
Ao banheiro. Fiquei menstruada, mente ela.
Isso é mentira, diz o mentiroso.

Nina tem seu próprio código para se lembrar de números – só que não tenta explicá-lo para Philip.

Os primeiros oito dígitos de *pi* seriam assim: ela está grávida com 31; agora tem 41; 59 são os últimos dois dígitos do telefone de Patsy; e 26 – ela tem de pensar por um minuto – 2 mais 6 é igual a 8, e 8 é o número do prédio da rue Sophie-Germain onde ela morava. Ou pode subtrair 2 de 6 e obter 4, o andar para o qual tem de subir a pé – o elevador está com defeito, segundo um aviso escrito à mão pregado na porta – para chegar ao apartamento no prédio perto da esquina da farmácia onde compra algodão e desinfetante. E como o número desse prédio é 58 ela pode inverter o 2 e o 6 e subtrair o 4, e esse será outro modo de lembrar os próximos dígitos do *pi*. E ela não teve de pegar o número 6 do metrô de Denfert-Rochereau para La Motte-Picquet para chegar ao número 58 da avenue Émile Zola? E, quanto ao 2 – vamos pensar nisso –, Émile Zola não teve 2 filhos ilegítimos, um menino e uma menina, com a costureira de sua esposa, sua amante?

Para Nina, isso é mais do que suficiente para se lembrar.

Ela se lembra da sua dificuldade ao deixar o apartamento, descendo os quatro lances de escada. Em cada lance, senta-se em um degrau e espera alguns minutos. O sangramento não parou.

* * *

Os nomes dos filhos de Émile Zola são Denise e Jacques.
Ela e Philip queriam dois filhos.
Um irmão ou uma irmã para Louise.

"Suponham que, após muitos anos, eu encontre um velho amigo", é como Philip começa outra aula, "e o amigo me diga: 'Soube que você tem dois filhos e o mais velho é uma menina', e eu responda: 'Sim, minha filha mais velha se chama Louise.' Agora a questão é: qual é a probabilidade de meu segundo filho ser uma menina? A resposta é fácil. A probabilidade é 1 em 2. Mas digamos que eu varie um pouco a pergunta e meu velho amigo não saiba que Louise é a mais velha e simplesmente diga: 'Soube que um dos seus filhos é uma menina', a probabilidade de as duas crianças serem meninas se torna 1 em 3."

Segurando um balde em uma das mãos, Louise entra cautelosamente no mar. Ela tem 3 ou 4 anos e está nua.
 Onde eles estão: Belle-Île?
 Uma onda vem e envolve suas pernas pequenas e robustas. Largando seu balde, Louise se apressa a recuar para a areia.
 Deitados em suas toalhas a alguns metros de distância, Nina e Philip a observam.
 Philip se levanta, corre para a beira da água e busca o balde para Louise, que se virou para eles, sua boca pronta para chorar.
 Philip pega rapidamente Louise nos braços e entra no mar com ela.

De onde está sentada, Nina lhes acena, mas eles não estão olhando para ela.

Em pé com a água à altura da cintura e as ondas quebrando contra ele, Philip ergue Louise no ar, para fora do alcance da água, e canta para ela:

Pi pi find the value of pi
Twice eleven over seven is a mighty fine try
A good old fraction you may hope to supply
But the decimal never dies
The decimal never dies

gritando de medo e alegria, Louise se agarra a Philip, pondo seus braços rechonchudos ao redor do pescoço dele.

Graças a Deus por Louise.

Observando-os, Nina sente ciúme da filha.

"A probabilidade condicional está ligada ao conhecimento de uma pessoa de um evento e é revista de acordo com novas informações pertinentes que influirão no dito evento, por isso se meu velho amigo me perguntasse: 'Soube que um dos seus filhos nasceu em uma quarta-feira...'"

Tirando a calcinha e levantando a saia, Nina se deita sobre um lençol de borracha que é frio e pegajoso contra suas nádegas, e está espalhado sobre o que parece – embora ela esteja com medo demais para olhar – uma frágil cadeira dobrável.

O homem usa um colete escuro sobre a camisa. Também usa luvas de borracha – do tipo usado para lavar louça. Há uma mulher com ele. Ela veste um cardigã amarelo e cumprimenta Nina distraidamente com a cabeça.

O homem e a mulher falam um com o outro em uma língua estrangeira.

Árabe, pensa Nina.

Ela fecha os olhos.

Provavelmente o homem e a mulher são argelinos, conclui. *Pieds-noirs.*

Dizem que os judeus sefarditas fugiram da Espanha para se estabelecerem na Argélia, e Nina tenta imaginá-los indo de um continente para o outro sobre a água.

Ela houve o tinido de instrumentos em uma bacia de metal.

O homem lhe diz algo enquanto, com suas mãos, abre as pernas dela com força.

Nina mantém os olhos fechados.

A mulher de cardigã amarelo está lhe entregando os instrumentos, imagina.

OAS – Organisation de l'Armée Secrète –, Nina ouviu Didier e Arnaud, o irmão dele, falarem sobre o grupo underground de direita durante o almoço de domingo na casa de Tante Thea.

Não sou a favor da independência da Argélia, declara Didier enquanto fatia o *gigot*, a coxa de carneiro, mas também não sou a favor dos métodos da OAS. Eles usam tortura.

A FLN não é melhor, diz Arnaud. Front de Libération Nationale, explica ele para a mãe.

Eu sei, responde Tante Thea sarcasticamente. Leio jornais. Alguém em meu escritório recebeu uma bomba de cano em casa. Felizmente, não explodiu. Sua esposa e seus filhos poderiam ter sido mortos. Quero o meu *bleu*, malpassado, diz também Arnaud a Didier sobre a carne.

Um dos meus alunos na École Polytechnique, um *pied-noir*, observa Philip, me disse que eles estão atirando argelinos no Sena com as mãos amarradas nas costas para se afogarem.

Nina passa os pratos com as fatias de *gigot*. Baixando os olhos para a carne quase crua no prato que está segurando, sente enjoo.

Eu o vi atravessando o Yard, diz Farid, o aluno de Philip na École Polytechnique. A princípio não acreditei que era você até que procurei no catálogo telefônico e aqui está, diz Farid, feliz por ter redescoberto Philip.

Philip convidou Farid para ir jantar no apartamento deles em Somerville.

À porta, Farid tira seus sapatos.

Não é preciso, diz Nina.

Farid não está usando meias. *Pieds nus.*

Seu pai e sua mãe são franceses?, pergunta ela enquanto eles vão para a sala de jantar.

Meu pai é francês e minha mãe é argelina – árabe.

A vida deles naquela época foi terrível. Havia toques de recolher e a polícia sempre os parava para pedir documentos, diz Farid balançando a cabeça. Tive de ir embora.

Nina está exausta – o bebê não dorme à noite –, mas fez questão de pôr uma camisa branca limpa e uma par de calças pretas que ainda lhe servem. Fez ensopado de cordeiro, arroz e berinjela assada.

Então me conte: o que está fazendo agora?, pergunta Philip a Farid assim que eles se sentam à mesa para comer.

Estou trabalhando para um professor em Dartmouth que raramente toma banho ou se barbeia e cuja barba vai até a cintura – Farid e Philip riem – em como atribuir probabilidades a sequências de símbolos que descrevem eventos do mundo real que não podem ser mapeados para prever o que vem a seguir com base no que já se conhece.

Probabilidade algorítmica, diz Philip, fazendo um sinal afirmativo com a cabeça e se servindo de comida. Para resolver problemas de inteligência artificial.

No quarto ao lado, Louise começa a chorar.

Nina pede licença e sai da mesa para amamentá-la.

Quando volta, Philip e Farid terminaram de jantar e estão na sala de estar bebendo o vinho argelino que Farid lhes trouxe de presente.

Nina tira a mesa e lava a louça antes de voltar para a sala de estar. Ocupados conversando, Philip e Farid não erguem os olhos para ela.

Segundo o conceito de Kolmogorov, a complexidade de qualquer objeto computável tem o comprimento do programa mais curto que computa... Philip está dizendo.

Só quero dizer boa-noite, interrompe Nina.

Ela poderia ter usado uma burca.

* * *

Todos os Natais eles recebem um cartão de Farid. Casado, com três filhos adultos e um neto – uma foto de um bebê de cabelos escuros nos braços de uma nora loira foi incluída no cartão mais recente –, ele mora e leciona em Montreal.
O nome do bebê é Chelsea.

O bebê tem de ser de Didier – o sexo com Didier não foi protegido.
Cedo demais para determinar o sexo – porque no primeiro trimestre os fetos têm órgãos sexuais idênticos. Agora o único modo de saber é fazer uma análise cromossômica.
E ela também nunca pensou em perguntar.

Um menino, acha.

Saltalavecchia, ela pensa.
A velha que salta do penhasco – só que ela é jovem e bonita e não tem nenhuma escolha. Está grávida. Dormiu com um homem casado ou noivo de outra. Eles se encontram em noites de lua cheia e fazem amor nas colinas escalonadas, entre as alcaparreiras. Ele lhe faz uma coroa com as flores azuis e a coloca em sua cabeça. Embora agora as flores estejam secas e desbotadas, ela guarda a coroa debaixo do seu travesseiro. Ou ela é que é casada. Seu marido é mais velho, impotente e não pode lhe

dar filhos. Todos os dias, a caminho do mercado, ela passa por um daqueles jovens indolentes e quase bonitos que tem uma motocicleta e mata o tempo do lado de fora do café do vilarejo. Um dia ele a chama e, sem pensar, ela larga sua cesta de compras e sobe na garupa da motocicleta. Puxa a saia para baixo, para tentar cobrir suas coxas, e depois o abraça enquanto ele liga o motor e a conduz pela estrada sinuosa da ilha.

Nina tem medo de altura. Não porque lhe dá vertigem, mas porque se sente irresistivelmente atraída por ela. A verdade é que fica tentada a pular de janelas e sacadas, de lugares altos. Quer saber como é uma queda livre através do espaço – seu corpo dando voltas e cambalhotas sem esforço, como um mergulhador de alta profundidade, só que no ar. Quase inveja os suicidas, mas não sua morte terrível com os ossos esmigalhados.

Nina se lembra de um poema – um poema sobre uma aeromoça sugada para fora de um avião quando a porta de emergência subitamente se abre. O poema se baseia em um fato real e descreve como, no ar sobre os campos de milho do Kansas, a comissária começa a tirar suas roupas – em uma espécie de striptease que desafia a morte. Primeiro tira a jaqueta com a insígnia de asas prateadas, a blusa, a cinta (as aeromoças tinham de usar cintas naquela época) e depois chuta os sapatos para fora dos pés, tira as meias e finalmente o sutiã, até ficar nua.

Em vez de uma vítima caindo para a morte, a comissária é uma ave e deusa na euforia de voar e de sua recém-descoberta liberdade erótica. Ela é "a melhor coisa que já veio para o Kansas" – um verso de que Nina se lembra.

Saltalavecchia, repete Nina.

Jean-Marc tem uma motocicleta – uma Moto Guzzi, de fabricação italiana.
    Caminhando pelo porto em uma tarde, Philip e Nina se deparam com ele estacionando na rua. Está esperando sua esposa que chegará na balsa, diz-lhes Jean-Marc. Ela foi visitar parentes em Brest.
    Nunca vi uma Moto Guzzi de perto, diz Philip andando ao redor da motocicleta de Jean-Marc e a examinando. Pensei que as BMWs eram as melhores motocicletas.
    Vamos tomar um drinque enquanto você espera, diz também Philip.
    As BMWs podem ser as melhores, mas herdei do meu pai uma aversão a tudo que é feito na Alemanha, responde Jean-Marc.
    Por quê?, pergunta Philip, embora provavelmente saiba a resposta. O que você vai querer?, também pergunta, enquanto eles se sentam em um café ao ar livre e ele ergue o braço para chamar a atenção do garçom.
    Meu pai foi confinado em um campo de prisioneiros de guerra na Alemanha, responde Jean-Marc. Bad Orb, perto de Frankfurt. Quando voltou, quase cinco anos depois, se recusou a ter qualquer coisa a ver com os alemães. Ele não andaria em um Mercedes.

Em casa, temos um Volkswagen, diz Nina, mas assim que as palavras saem de sua boca ela lamenta tê-las dito. Contudo, Jean-Marc não parece ouvi-la.

Vocês querem ver o que eu comprei hoje?, pergunta Nina para mudar de assunto. Ela tira um par de *espadrilles* vermelhas de sua sacolas de compras. Vocês gostam delas?

Com esse são quantos pares?, pergunta Philip, sorrindo.

Um número infinito, responde Nina. Ela também está sorrindo.

Lá vem a balsa, diz Jean-Marc, apontando com o queixo. Lá vem minha esposa.

Mais tarde, Nina diz para Philip: Não sei qual é a diferença de andar em uma Moto Guzzi. Os italianos e alemães foram aliados durante a guerra.

Os alemães foram perversos; os italianos foram estúpidos, é o que lhe responde Philip.

Brevemente, ela revisita em sua cabeça o cemitério militar alemão com suas muitas fileiras de cruzes de Malta negras marcando as lápides com os nomes dos quase 20 mil mortos.

Nomes como Dieter, Friedrich, Hans, Felix.

Felix feliz – só que Felix está morto.

Olhando para Philip, ela tenta imaginar como é estar morto. Como era antes de ele nascer, antes de estar vivo?

Uma contradição. Impossível imaginar a inexistência dele, ou a sua própria.

Contudo, uma astrofísica – como Lorna – saberia como existir em espaços abstratos, espaços com propriedades geométricas totalmente diferentes que estendem os métodos de álgebra vetorial, cálculo e do plano euclidiano bidirecional para métodos com um número finito ou infinito de dimensões. Espaço de Hilbert, espaço de momento, espaço recíproco, espaço de fase.
Nina não sabe nada sobre espaços.

Ali.
Lá está ela!
Nina visualiza Lorna com seus cabelos cacheados, e seus braços magros sardentos abertos em um T perfeito, flutuando habilmente no espaço ofuscante em que Urano e Netuno orbitam o Sol – ela que não sabia dirigir um carro! –, usando as sapatilhas trocadas: uma preta e a outra prateada.
Lorna é impérvia ao frio – a temperatura em Netuno é de em média 218 graus centígrados negativos.
É impérvia ao vento – os ventos em Netuno sopram a mais de 2.100 quilômetros por hora.
Mas Lorna consegue ficar serenamente no ar e seguir seu rumo estabelecido. E, ah, o azul! Lorna se maravilha com a cor dos dois planetas. Nunca em sua vida teria imaginado cores tão vibrantes! Como ela sabe muito bem, isso é o resultado da absorção de luz vermelha pelo metano atmosférico nas regiões

mais distantes dos planetas. Ao mesmo tempo, não pode evitar notar que o azul de Netuno é mais vivo e brilhante do que o azul de Urano, que fica tentada a descrever como cor de água-marinha. Ela tem memória suficiente para se lembrar de que sua mãe usava um anel de água-marinha e dizia que a pedra viera de um país na América do Sul, o Peru. Mas Lorna não deve se permitir ser distraída por pensamentos não científicos. A cor de água-marinha do planeta poderia ser o resultado de um componente atmosférico ainda desconhecido.

Se ao menos ela tivesse tempo para descobrir qual poderia ser esse componente!

Lorna gostaria de poder ficar mais aqui em Urano; passar um dia de verão que poderia durar vários anos ou dormir por uma noite com duração mais longa.

A ideia disso faz Lorna bocejar.

E se ao menos Lorna pudesse descrever esses azuis, ou pintá-los!

Nina pestaneja e depois abre totalmente os olhos.

Ela estava sonhando?

Deve ter adormecido.

A imagem de Lorna no espaço subsiste em sua cabeça.

Ela dará voltas e mais voltas, sempre regressando ao seu ponto de partida, porque Lorna acredita em um universo finito.

Nina fica tentada a acenar para ela.

Dizer *bon voyage*.

* * *

Philip e Nina falam em voltar a Angangueo, mas nunca voltam. Em vez disso, um ano, como um presente de aniversário, Nina pinta para Philip uma aquarela de seis borboletas em papel de amoreira japonês feito à mão. Ela copia as borboletas de um livro de fotografias. No início havia pensado em pintar apenas uma borboleta, a monarca, mas, absorta nas fotos, decide pintar mais.

Começa com uma elipse solar, uma borboleta amarela, a cor de um limão italiano, com pontos laranja-avermelhados nas asas; a segunda borboleta, uma aurora, é azul elétrico com traços roxos nas asas; a terceira é transparente – exceto por uma pincelada rosa profundo na parte inferior das asas – e tão delicada que Nina prende a respiração ao pintá-la. Ela coloca a borboleta maior, a monarca cor de laranja, no centro da aquarela e pinta os pontos e salpicos brancos nas asas com a ponta de seu melhor pincel de zibelina. A quinta borboleta é uma mariposa do entardecer verde berrante, cor de laranja, cor-de-rosa, amarela e preta. *A mariposa*, Nina lê, *voa à noite, enquanto a borboleta voa de dia; a mariposa repousa com as asas fechadas horizontalmente sobre seu corpo, enquanto a borboleta repousa com as asas verticalmente...* A última borboleta, uma *Argyrophorus argenteus* do Chile, é da cor de um enfeite prateado vistoso de Natal com uma camada de marrom-cacau nas pontas das asas denteadas e, definitivamente, a mais bonita.

As cores são lindas, diz Philip. Ele parece genuinamente satisfeito.

Na vida real, as cores são mais vivas, diz Nina.

Os azuis e verdes são exemplos de iridescência, acrescenta Philip.

* * *

A aquarela está pendurada no escritório de Philip e ele garantiu repetidamente a Nina que se um dia seu escritório pegasse fogo a primeira coisa que ele pegaria para salvar das chamas seria a aquarela com as borboletas dela – não seu computador ou seus preciosos papéis.

Nina gostaria de acreditar nele.

Ela raramente visita Philip no trabalho sem avisar, mas não muito tempo atrás – a lembrança disso ainda a faz corar – lembra-se de bater à porta do escritório dele e então, sem esperar por uma resposta, abri-la. Philip está falando ao telefone.

Isabelle Theo – ela não entende bem o último nome, que parece estrangeiro – torna minha vida muito mais fácil, Nina ouve-o dizer.

Erguendo sua mão livre, Philip franze as sobrancelhas e faz um sinal para ela esperar.

Não sei o que eu faria, também diz ele girando sua cadeira para longe da escrivaninha e dando as costas para Nina, antes de terminar a frase e girar a cadeira de novo para ficar de frente para ela.

Você está bem?, pergunta-lhe. Eu não a estava esperando.

Eu estava almoçando em Cambridge. Pensei em dar uma passada aqui a caminho de casa, responde Nina.

Tenho uma aula daqui a um minuto, diz Philip, olhando para o relógio na parede do escritório.

Quem é Isabelle?, pergunta Nina, mantendo sua voz equilibrada. Uma secretária? Uma aluna?

Isabelle?

Philip está fingindo não entender?

Ah! Ele começa a rir. Você quer conhecê-la?

Olhe. Philip faz um sinal para Nina se virar e aponta para a tela do computador.

Isabelle é um programa de software. Um provador de teorema genérico. Também permite que fórmulas matemáticas e de ciência da computação sejam expressas em uma linguagem formal. Vem com uma grande biblioteca de processos matemáticos formalmente verificados, inclusive a teoria dos números elementares, a teoria dos conjuntos, as propriedades básicas dos limites, derivativos e integrais – devo continuar?

Nina balança a cabeça.

Um professor de arte certa vez disse a Nina para parar de pintar a partir da mão e do punho e pintar a partir do ombro. Ele a aconselhou a trabalhar apenas com carvão. O carvão, observou, é simples, barato e conecta o artista com a terra. E Nina deveria tentar se esquecer do que aprendeu – checar ângulos, calcular perspectiva – e, em vez disso, aprender a trabalhar rapidamente, quase cegamente, e seguir seu instinto. Ela tem de acreditar que em algum lugar entre o seu ombro e o papel surgirá uma imagem.

Ela tem de se dar mais espaço, distanciar-se um pouco.

No início, Nina não desenha nada além de círculos. Grandes círculos. Alguns são tão grossos e escuros que às vezes ela faz força demais e o carvão se parte; outros são mais leves, as linhas esfumaçadas, as sombras espalhadas sobre o papel.

Desenhar círculos a faz se sentir exercitada. Como se sente no início das manhãs depois de correr alguns quilômetros.

Ou como se sente quando dança.

Ou como poderia se sentir se soubesse cantar.

Mais uma vez, Nina olha para Philip, deitado perto dela. Para si mesma, Nina tenta cantarolar alguns versos de "La vie en rose".

Ela guardou os retratos de Philip que fez em carvão?

Ou os jogou fora?

Poderia pegar a lanterna na prateleira do armário do corredor de baixo, atravessar o jardim – a grama estará molhada em virtude da chuva – e ir procurá-los em seu ateliê.

Os esboços não ficaram ruins.

Mas ela não quer deixar Philip.

Que horas são?

Inclinando-se sobre Philip, Nina tenta ver os ponteiros do relógio.

Os números estão indistintos.

São 4:20? 4:40?

O ponteiro que dispara o alarme está atrapalhando.

* * *

Philip não usa relógio.

De vez em quando tenta usar. Compra um relógio barato – Timex ou Casio –, mas o perde ou o relógio para de funcionar.

Isso deve ter algo a ver como meu ritmo circadiano, diz ele.

Isso é bobagem, diz Nina, tem a ver com o relógio ser barato, diz-lhe Nina.

Contudo, Philip raramente se atrasa, a menos que fique preso no trabalho. Ele tem uma capacidade incomum de saber as horas.

Que horas são, pai? Louise, quando criança, gosta de testá-lo.

São 12:35.

Errado!, grita Louise. 12:25.

Seu relógio está atrasado, Lulu, diz-lhe Philip.

E seja como for, continua ele, não existe tempo absoluto. Segundo Einstein, cada indivíduo tem sua própria medida pessoal do tempo, que depende de onde ele está e como está se movendo.

Louise revira os olhos.

Se você tivesse uma irmã gêmea, Lulu, e viajasse em uma espaçonave na velocidade da luz, durante alguns anos-luz e depois voltasse para a Terra para reencontrar sua irmã, qual de vocês seria mais jovem?, pergunta-lhe Philip. Você ou sua irmã gêmea?

* * *

Nina, é claro, sabe a resposta.

Como Iris, a gêmea na espaçonave ainda é jovem e bela enquanto a deixada na Terra está enrugada e grisalha, como ela.

Nina começa a fechar os olhos e os abre rapidamente.
Zonza de novo.
Nauseada.

Quando comeu pela última vez?
Foi na hora do almoço, um sanduíche, enquanto pintava céu e mar – parte do tríptico.

A pintura é sem graça, conclui. Muito fria.
Ela acrescenta uma camada de branco e a espalha para trás, uma de amarelo que espalha para trás, outra de branco à qual acrescenta um pouco de azul-celeste e também espalha essa para trás. Tem de criar uma superfície. Tem de torná-la densa.
Finalmente, promete a si mesma, fará a pintura dar certo.

Ela terá de jogar as cinzas de Philip no mar.
Louise a acompanhará.
Elas se lembrarão de jogá-las a sota-vento para não voltarem para seus rostos.

* * *

Uma tarde, no Musée du Jeu de Paume, Nina pergunta a Philip: Qual é seu artista favorito?

No mundo?

Sim, no mundo.

Você.

Não, falando sério.

Cézanne. Sim, Cézanne.

Eles estão em pé diante do autorretrato dele.

Cézanne é o artista favorito de todo mundo, diz Nina um pouco impacientemente.

Veja o modo seguro de si como ele olha para fora da pintura. Seu olhar é hipnótico, diz Philip, ignorando o comentário dela e apontando para o autorretrato. Estou tentado deixar crescer uma barba como a dele, acrescenta.

Não, diz Nina.

Eles seguem em frente, rindo.

Lá fora, começou a chover; nenhum dos dois trouxe um guarda-chuva. Relâmpagos se sucedem brilhantes seguidos de ribombos de trovões enquanto eles se apressam a atravessar a Place de La Concorde e a Pont de la Concorde e correr pelo boulevard Saint-Germain até o café mais próximo. Ambos estão ensopados.

No bar, Philip pede para cada um deles uma taça de Armagnac.

A cara aguardente queima a garganta de Nina e a faz tossir.

Acho que estou me apaixonando por você, diz-lhe Philip.

Ainda tossindo, ela balança a cabeça e, quando para, ri ao se ver no espelho do bar – com os cabelos molhados grudados na cabeça e faixas de rímel preto nas bochechas.
Depois de uma pausa, Philip pergunta: Você joga tênis?
Por quê?, pergunta Nina. Esse é seu critério para se apaixonar?
Sim, responde Philip.
Jogo. Muito bem, diz ela.

Apesar de sua claudicação – quase imperceptível na quadra – Philip joga bem. É alto e tem um longo alcance; na rede, poucas bolas passam por ele. Uma vez por semana, na terça-feira às 8:30 da manhã, ele tem um jogo de duplas marcado com homens. Philip joga em uma quadra de terra em um recinto fechado e nenhum dos quatro homens com quem joga é matemático. Nada pode impedir Philip de ir ao seu jogo de tênis semanal.
Ele jogou dois dias atrás, lembra-se Nina.
Nós vencemos de novo, diz-lhe ao chegar em casa. Somos invencíveis, acrescenta rindo.
Eu saquei alguns aces, vangloria-se.
Philip dá um efeito em seu saque que faz a bola pular alto e fora do alcance de seu oponente.

"Se um jogo de tênis chega ao deuce, qual é a probabilidade de o sacador ganhar os próximos dois pontos?", é um dos problemas que Philip apresenta a seus alunos na classe. Ninguém responde. "Todos vocês jogam tênis, não é?", pergunta Philip.

"Sabem como o escore funciona. Quando dois jogadores chegam a um empate, que em tênis é chamado de deuce, um jogador tem de ganhar o jogo por dois pontos sucessivos. Como não há limite para o número de deuces em um jogo", continua ele, "o problema pode parecer infinito, mas não é."

Falta, diz Nina em voz alta.
    Eles sempre discutem na quadra de tênis.
    Fora, fora, a bola foi fora, grita ela.
    De modo algum, grita Philip de volta, caminhando para a rede e espiando por cima dela para onde seu saque enviou a bola. Foi dentro. Você deve estar cega.
    Com sua raquete, Nina aponta para a marca fora da linha. A bola caiu aqui. Veja.
    Não estou vendo nada. Você está mentindo.
    Trapaceiro, grita ela.

"Acreditem em mim." Sorrindo, Philip se vira para falar com a classe. "No tênis, o sacador sempre tem a vantagem. Principalmente um sacador forte." Afastando-se do quadro-negro, estica o braço como se segurando uma raquete imaginária, finge atirar uma bola para o ar e depois faz o movimento de swing.

Quando eles saem do café, o céu está azul de novo e os únicos sinais de chuva são a calçada brilhante e a água correndo ordenadamente para os bueiros. Os cabelos de Nina estão secos e seu rosto está lavado. Ela se sente um pouco zonza devido à aguardente enquanto eles andam pelo boulevard na direção do apartamento de Tante Thea.

Antes de chegarem à rue de Saint-Simon, Philip para em uma tabacaria e compra um maço de cigarros Gauloise. Depois pega Nina pela mão como se a estivesse levando para um lugar desconhecido, mas importante.

Dessa vez, quando volta do jogo de tênis, Philip se lembra de pôr seus shorts brancos, sua camisa polo e suas meias no cesto de roupa suja.

E ontem Marta deve ter tirado as roupas dele de lá e lavado.

Nina abraça a si mesma.

Ainda está usando o velho casaco esportivo amarelo de Philip.

Então, erguendo as mãos, gira a aliança de casamento em seu dedo.

Ao velejar ao largo da costa de Belle-Île em uma tarde ventosa de verão, Philip solta o timão por um momento para tirar sua aliança. A aliança está apertada e ele tem de torcê-la várias vezes em seu dedo para conseguir tirá-la. Então, franzindo as sobrancelhas, diz algo que o vento impede Nina de ouvir e joga a aliança o mais longe que pode no mar. À deriva, o barco mudou de direção e está sendo levado pelo vento, as velas batendo ruidosamente. Ele está a favor do vento.

Não, não é verdade – ela está inventando isso.

Ela só dormiu com Jean-Marc três ou quatro vezes. Não o suficiente para qualificá-lo como um romance propriamente dito.

Em vez disso, Philip está com uma das mãos no timão e comendo um pêssego com a outra. O pêssego está maduro e doce, e o suco lhe escorre pelos dedos. Quando ele o termina, joga o caroço no mar e então se inclina sobre o lado do barco e lava seus dedos melados. A água está inesperadamente fria e a aliança escorrega do seu dedo. Sem poder fazer nada, Philip a vê brilhar por um instante na água azul-escura antes de desaparecer. Um segundo depois, um peixe prateado com barbatanas dorsais pontudas passa nadando tão rápido que Philip só o vê de relance. Acha que é uma grande perca-do-mar, pesando pelo menos 5 quilos. O peixe agita a nadadeira ao mergulhar atrás da aliança, sua feia boca já aberta e pronta para engoli-la.

Em seu Volkswagen com mais de 12 mil quilômetros rodados, Nina leva Jean-Marc para Buzzards Bay; ele tem uma hora marcada para falar com o diretor da escola de vela. Enquanto o espera, Nina anda a esmo pela cidade da Nova Inglaterra, vendo vitrines e olhando para o relógio.

Quero examinar os programas aqui, diz Jean-Marc no carro, em seu inglês com sotaque francês.

Os olhos de Nina estão fixos na estrada, ela acena com a cabeça.

En français, diz-lhe ela.

Nina se sente embaraçada com ele.

Non, non, tenho de praticar meu inglês, responde Jean-Marc.
Ele se sente embaraçado com ela.
Exceto por cumprimentá-lo com um beijo dos dois lados do rosto quando ele entrou pela porta da frente, ela não o tocou. Ele também não a tocou. De terno, camisa social e gravata, Jean-Marc parece mais baixo e diferente do que é ou do modo como Nina se lembra dele de jeans.
Ou tirando-os.
Ela balança a cabeça para afastar a lembrança.

Ma chérie é como Philip a chama.
Como Jean-Marc a chama?
Ni*na* – ele enfatiza a segunda sílaba, tornando seu nome estranho.

Alguns anos depois do verão em que Nina teve um caso com ele, Jean-Marc vem para ficar alguns dias – dias que deseja passar investigando as escolas de vela da Nova Inglaterra.
No sábado, Philip sugere uma ida de carro a Marblehead.
Um dia perfeito para um passeio. Podemos almoçar e dar uma volta, diz ele para persuadir Nina e Louise.
Uma cidade histórica da Nova Inglaterra fundada no início da década de 1600, diz Philip a Jean-Marc no carro.
Até meados do século XIX, foi um importante porto pesqueiro e centro comercial, continua Philip. Agora se tornou mais um lugar de férias à beira-mar com grandes casas de veraneio.
Como Belle-Île, diz Jean-Marc.

Juntos, ele e Philip caminham pelo porto inspecionando os barcos; Nina e Louise seguem atrás. Uma brisa sacode as adriças nos mastros; gaivotas grasnam e gritam acima da cabeça deles.

Ma chérie, sussurra-lhe Philip depois de eles fazerem amor pela segunda vez no apartamento de Tante Thea.

Philip usa uma camisa polo vermelha desbotada e calça cáqui; é mais alto do que Jean-Marc.

No restaurante no cais, eles pedem sanduíche de lagosta para o almoço.

Tem maionese demais, queixa-se Jean-Marc. Contudo, come dois. Ele se senta perto de Louise no banco e, pondo a mão no braço dela, lhe oferece um pouco das batatas fritas que acompanham seu sanduíche.

Louise belisca sua salada e balança a cabeça.

Você deveria comer, diz-lhe Jean-Marc. Está muito magra.

Louise dá de ombros. Ela está com 15 anos.

Depois do almoço, eles visitam uma mansão histórica. A guia, com um sotaque de Boston, fala-lhes sobre a coleção de objetos de prata, a papeleira de mogno feita por um marceneiro local, o relógio de pêndulo em forma de banjo e a cadeira de balanço pintada.

Você entende o que ela está dizendo?, pergunta Philip a Jean-Marc.

Bien sûr, responde ele.

Nina fica perto de Louise, evitando Jean-Marc.

A caminho de casa, no carro, Jean-Marc insiste em se sentar atrás perto de Louise.

Louise, Louise.
Nina supõe que ela deve estar dormindo agora, nos braços de um belo jovem.
A alta, magra, atlética e adorável Louise.
Na adolescência, Louise é muito magra. Esquelética.
Raramente come alguma coisa, queixa-se Nina para Philip.
Ela diz que é vegetariana.
Deixe-a em paz. Quanto mais você a atormentar falando em comida, menos ela comerá, diz Philip.
E se ela se tornar anoréxica?
Lulu é competitiva demais para morrer de fome.
Competitiva com quem?, pergunta Nina.

Calmo, educado e sensato é como ela sempre descreve Philip.
Inteligente também, é claro.
Até mesmo brilhante.
E alto.
Sob a colcha, ela imagina o contorno das pernas longas e finas dele – a esquerda tem um calombo no meio, onde a tíbia não se consolidou do modo certo – que alcançam o final da cama.

Mais uma vez, estende a mão e toca no rosto de Philip.
Inclinando-se para baixo, beija-o suavemente.

Seus lábios mal roçam a pele dele.
Os olhos de Nina ficam marejados de lágrimas.

Vermelho é a cor favorita de Philip.
Pela vontade dele, tudo seria vermelho em casa: os móveis, as cortinas e as paredes – tudo.
O carro dele, outro Volkswagen, é vermelho.
As cores existem para provocar desejo, gosta de dizer Philip.
Nina está certa de que ele está citando alguém.
Ela olha de relance para o armário onde o casaco vermelho de seda que ele lhe trouxe de Hong Kong está pendurado dentro de um plástico.

Tomando cuidado para não perturbá-lo, ela sai da cama. No escuro, procura entre outras roupas até encontrar o casaco, e pega o cabide. Rasgando o plástico, abre os botões chineses e desliza os braços para dentro das mangas largas; veste o casaco sobre o casaco esportivo amarelo de Philip. Nina se vê de relance no espelho do lado de dentro da porta – está escuro demais para distinguir as peônias verdes e azuis bordadas – como uma vaga sombra brilhante. Então volta para a cama e se deita perto de Philip.
Veja, diz a ele, alisando a firme seda vermelha para que se estenda em dobras ordenadas ao seu redor, eu o estou usando agora.
Estou desejável?, fica tentada a perguntar.

* * *

Em seu justo *qipao*, Sofia conduz Philip para outro aposento, onde sua coleção de tigelas Ming azuis e brancas está bem alinhada em uma prateleira.

Linda, diz ele, pegando uma tigela – a transparente com a marca tosca.

Cuidado, avisa Sofia.

Mas ele a deixa cair.

Sofia dá um pequeno grito de susto.

O mesmo pequeno grito.

Nina nunca esteve em Hong Kong.

Ou na Ásia.

Gosta de pensar em Bangcoc, Chiang Mai e Siem Reap, onde verá o pôr do sol de Angkor Wat, e depois Luang Prabang.

Luang Prabang, repete para si mesma.

Ela gosta do som das palavras – lhe lembram bala ou uma doce sobremesa.

Estará quente e levará saias leves de algodão e camisetas que poderá lavar à mão, sandálias confortáveis que ela e Philip poderão tirar facilmente quando visitarem Wat Arun, o templo feito de louça quebrada, e depois subirem os 309 degraus que levam a Wat Phrathat Doi Suthep. Ou quando caminharem pela selva em busca de Banteay Samré e Ta Prohm, os templos não restaurados e envolvidos pelas gigantescas figueiras-de-bengala...

Ela e Philip frequentemente falam sobre essa viagem.

Eu gostaria de subir o Mekong de barco, diz Philip. O rio tem cerca de 3.200 quilômetros de extensão – é o mais longo do Sudeste Asiático – e drena uma área de cerca de 700 mil metros quadrados, descarregando 475 quilômetros cúbicos...

Com os olhos fechados, ela se vê no convés do barco, enquanto eles velejam e passam por homens jovens e ágeis jogando suas redes de pesca das margens do rio, mulheres de cabelos escuros e sarongues coloridos agachadas nos deques elevados das casas de madeira preparando suas refeições condimentadas do meio do dia, crianças nuas chapinhando a água escura e suja e acenando para eles, e ocasionalmente um saco plástico flutuando ou, pior ainda, um animal morto inchado.

Nina olha ao redor do barco procurando Philip.

Onde ele está?

Ela não deve se esquecer de pôr um chapéu na mala.

Abana-se com seu guia de viagem.

Está quente.

Em seu 39º aniversário, Philip lhe dá um chapéu de palha vermelho com uma grande aba.

As ruivas não devem... começa ela a dizer, mas Philip a interrompe.

As ruivas sempre deveriam usar vermelho, diz ele.

Na escrivaninha do escritório de Philip, há uma foto em cores emoldurada de Nina sentada com seu biquíni na praia em Belle-Île; ela está usando o chapéu vermelho.

Essa é sua esposa?, devem lhe perguntar as pessoas.

Quando essa foto foi tirada? Quanto tempo atrás?

E onde foi tirada? Em algum lugar no exterior?

Perto da foto dela, há uma foto mais recente de Louise. Um retrato formal em preto e branco.

Minha filha, Louise, diz-lhes Philip.

Novamente, ela se levanta.

O que Philip diria se a visse cambaleando ao redor da cama vestida como um palhaço?

Ele riria?

Ela vai até a janela e a abre.

O ar fresco produz uma sensação agradável em seu rosto.

O céu está cheio de estrelas – estrelas vistas tarde da noite que Nina não consegue identificar.

Sem dúvida Philip consegue.

Pensa em Lorna girando ao redor delas.

O que ela disse naquele jantar? Algo sobre como nós, seres humanos, termos sido criados da mesma substância básica do universo, feitos do mesmo material das estrelas.

Lorna está comendo uma fatia de bolo de abacaxi.

Ela e Philip falam sobre Einstein – sobre sua teoria definitiva para tudo. No meio da frase, Philip se interrompe para dizer: alguém certa vez falou para Einstein que, para um astrônomo, o homem não é nada além de um ponto insignificante em um universo infinito.

E você sabe o que Einstein respondeu?, pergunta Philip.

Com a boca cheia de bolo, Lorna balança a cabeça.

Isso pode ser verdade, mas o ponto insignificante também é um astrônomo.

Lorna ri. Depois, virando-se para Nina, diz: Este bolo está delicioso. Pode me dar a receita?

No banheiro, Nina evita se olhar no espelho.
Então volta e se deita na cama.
Cuidadosamente, fecha os olhos.
Logo a luz do dia surgirá e será manhã.

Frequentemente, assim que acorda e antes que se esqueça, ela conta a Philip seus sonhos – sonhos vívidos que não fazem nenhum sentido – e, com menos frequência – porque diz que assim que abre os olhos os esquece – Philip lhe conta os dele.

Philip diz que os sonhos são gerados no tronco cerebral e não têm sentido até o sonhador mudá-los para que se ajustem às suas próprias características pessoais.

Nina discorda. Ela diz que os sonhos são motivados por desejos.

Na noite passada sonhei com um cão, conta-lhe Nina. Um grande vira-lata preto e branco – uma mistura de pastor-alemão com outra raça. Eu estava levando o cão para passear quando de repente a rua, uma rua vagamente familiar – talvez porque a reconheci de um sonho anterior – se transformou em um grande depósito de lixo ou aterro sanitário e o cão estava puxando a guia tentando...

Engraçado, interrompe Philip, agora eu me lembro. Na noite passada também sonhei que estava levando um cão para passear. Acho que era meu cão, Natty Bumppo.

O que o cão estava fazendo?

Não sei. Não me lembro.

Talvez tenhamos tido o mesmo sonho, diz Nina.

Talvez, responde Philip.

A dra. Mayer insiste em que ela anote seus sonhos.

Durante uma de suas sessões, Nina começa a falar com ela sobre um dos seus pesadelos recorrentes na infância – o com números sempre crescentes e como Philip disse que o sonho representa o terror do infinito, mas a dra. Mayer, imagina, não sabe nada sobre a infinidade.

Em vez disso, Nina inventa um sonho sobre uma casa. Uma casa grande e elegante feita totalmente de vidro. Uma casa totalmente diferente de todas que já viu ou em que esteve. Contudo, no momento em que abre a porta da frente e entra, sabe que chegou ao lar.

Esta casa é o lar – seu lar nos últimos vinte anos.

E esta cama também – ela dá um tapinha na colcha para enfatizar.

A cama antiga de quatro colunas estava virada de lado e coberta de pó e fezes de passarinho em um celeiro onde eram vendidos cacarecos e equipamentos agrícolas.

A cabeceira é entalhada à mão, disse o dono, um fazendeiro, cuspindo saliva marrom de tabaco em uma lata. Seiscentos dólares. Nem um centavo a menos.

Olhe as rachaduras. A armação precisa de muito restauro, argumentou Nina de volta.

Ela havia conseguido baixar o preço para 450 dólares. Na época, aquilo era uma fortuna.

E quantas noites ela e Philip dormiram na cama?

Quantas horas?

"Tomem como exemplo", diz Philip a seus alunos do primeiro ano, "que, em média, minha esposa e eu dormimos oito horas por noite. Porém, isso nem sempre é verdade." Um aluno na fila de trás dá um riso irônico. "O motivo", continua Philip, ignorando o aluno, "é que temos uma filha recém-nascida. Ela se chama Louise e, durante o dia, sorri e murmura, mas à noite se transforma em um bebê totalmente diferente que não faz nada além de chorar." Alguns alunos, a maioria mulheres, riem. "Eu ou minha esposa tem de se levantar para trocar as fraldas de Louise e alimentá-la, o que significa que talvez só tenhamos cinco ou seis horas de sono por noite. Mas, como vimos" – então Philip dá as costas para a sala e começa a escrever no quadro-negro –, "a distribuição normal, conhecida como distribuição gaussiana, nos mostrará como, pelo menos aproximadamente, qualquer variável, como as noites em que minha esposa e eu não temos oito horas de sono, tende a se agrupar ao redor do meio, que é aquela noite gloriosa de oito horas de sono não interrompido quando Louise não chora..."

* * *

Nina para de ingerir laticínios – sorvete de café, uma delícia depois do jantar –, cebola, repolho, couve-flor, vegetais de que não gosta muito, mas que lhe dão gases. Ela abandona a cafeína – melhor assim para amamentar Louise.
 Cólica, pura e simples.
 Mês após mês, Louise chora todas as noites. Durante horas, Nina a embala na cadeira de balanço. Dá-lhe um banho morno, mas Louise chora ainda mais. Está inconsolável. Exausta, Nina veste o casaco sobre sua camisola e desce carregando o moisés com Louise dentro, ainda chorando, os três lances de escada. Novamente o cão no apartamento de baixo late e seu dono grita: *Cale a boca, droga.* Ela põe Louise no banco traseiro do carro. Exceto pelos postes de luz e um grito ocasional vindo de um bar aberto até tarde, as ruas estão escuras e silenciosas enquanto, devagar e experimentalmente, segurando firmemente o volante com as duas mãos, Nina dirige através de Cambridge, Mt. Auburn e Watertown. Certa vez dirige até Waltham antes de Louise finalmente parar de chorar e cair no sono.
 À noite, Nina começa a odiar Louise.

Em seu sonho, Natty Bumppo, o vira-lata branco e preto mestiço de pastor-alemão, puxava tanto a guia que ela se partiu. Nina correu atrás dele, gritando...

Tobias... sem querer, ela se lembra do nome do velho labrador amarelo do vizinho.

* * *

Rígida e um pouco desconfortável, Nina muda cuidadosamente de posição na cama.

Não quer perturbar Philip ou amassar o casaco vermelho de seda.

A bordo do *Hypatia,* uma súbita rajada de vento arranca o chapéu de palha vermelho de sua cabeça e ele cai na água.
Ah, grita, Nina. Meu chapéu!
Que pena! Philip balança a cabeça.
Chegue perto, implora ela, deixe-me tentar pegá-lo.
Ela já está com o croque e correndo para a proa.
Pronto, grita Philip.
Vou me aproximar a estibordo, acrescenta.
Deitada de bruços no convés da proa e segurando o croque, Nina se inclina para o lado o máximo que ousa, vendo o chapéu vermelho subindo e descendo na água enquanto se aproxima, determinada a pegá-lo – mesmo se cair na água.

Desbotado, com a palha rompida e a aba desfiada, o chapéu vermelho está pendurado em um prego na parede de seu ateliê. Perto dele está seu quadro do chapéu flutuando na água. Em carvão, na parte inferior entre as ondas, ela escreveu: *el sombrero cayó en el agua.*

* * *

Uma brincadeira.

Segundo sua mãe, *el sombrero cayó en el agua* foram as primeiras palavras que Nina, quando era criança, aprendeu a falar em espanhol.

Sombrrrerrro... repete para si mesma, enrolando os Rs.

Por quê?, pergunta-se.

Seu chapéu caiu na água?

Ou foi o chapéu de sua irmã gêmea Linda?

Padre Nuestro, que estás en los cielos...

Houve um tempo em que ela sabia recitar o Pai-Nosso em espanhol.

Mais tarde, o aprendeu em francês:

Notre Père, qui es aux cieux...

Uma criança supersticiosa, ela nunca pisa em uma fenda, mas apesar disso não acredita em Deus.

Agora não tem mais tanta certeza.

Pai-Nosso que estais...

Ela deveria jogar uma moeda.

Cara? Deus existe.

Coroa? Não existe.

Não deveria ter bebido tanto vinho.

* * *

Philip acredita que o universo teve um começo. Antes não havia nada e agora há muito. Mas isso, diz ele, não tem nada a ver com Deus.

O que você quer dizer com não havia nada?, pergunta Nina.
Quero dizer nada.
Ar? Espaço?
Não. Nada.
Não posso imaginar isso.
Ninguém pode.

Ela fecha os olhos.
Nada é como inexistência.
Como a morte.

Mas e se Deus tivesse criado o big-bang? E se Deus tivesse feito o universo se fazer? Em prol da discussão?, pergunta Nina.
Isso satisfaria muitas pessoas que acreditam na história do Gênesis. Passe-me outro crepe, por favor, e a geleia. Não a de damasco, a outra, diz Philip.
Myrtille.
Ela e Philip são os últimos a tomar café da manhã no salão de jantar. Uma garçonete está tirando os pratos da outra mesa e os empilhando ruidosamente em uma bandeja.
Encore deux cafés, s'il vous plaît, diz Philip em voz alta.
Ela quer que a gente vá embora, diz Nina, nervosa, olhando para a garçonete.

* * *

No dia anterior, eles pegam o trem de Paris para Brest, e de Brest um ônibus para Ploudalmézeau, onde alugam bicicletas. A partir de lá, sob uma chuva torrencial, pedalam 13 quilômetros até a vila de Tréglonou.

Estou ensopada, queixa-se Nina quando eles param na beira da estrada para Philip poder estudar o mapa.

Devemos ter passado da entrada, diz ele.

Vamos perguntar a alguém, sugere Nina, enquanto um carro passa rápido.

Sei onde estamos. A entrada deve estar a algumas centenas de metros atrás nesta estrada. Vamos virar e continuar.

Eles pedalam de um lado para outro de estradas estreitas margeadas de campos verdes molhados, onde grupos de cavalos e vacas se amontoam para evitar a chuva. Espere, espere, geme Nina para si mesma enquanto pedala atrás de Philip. Ela está usando uma saia longa e a bainha fica prendendo nos raios da roda. Por duas vezes quase caiu. Philip não parece notar.

Na vila de Plouvien, Nina para a fim de puxar sua saia para cima. Do outro lado da rua, um padre com uma batina preta está trancando a porta de uma igreja. Então ele se vira e abre seu grande guarda-chuva preto. Quando vê Nina sentada em sua bicicleta na beira da estrada, aproxima-se e lhe pergunta se ela precisa de ajuda.

Nessa manhã, ainda está chovendo.

Mas eu achei que você tinha dito que acreditava em Deus, diz Nina.

Acredito em um Deus libertário. Um Deus que deixa espaço para o livre-arbítrio, diz Philip, bocejando. Gostaria que voltássemos para a cama, acrescenta, pegando a mão de Nina e a levando aos lábios.

Nina sorri. Você está dizendo que Deus não pode prever o futuro?

Deixe-me descrever outra possibilidade, diz Philip, rearrumando os pratos na mesa enquanto, carrancudamente, a garçonete lhes traz mais café.

Merci, madame, Nina diz.

Vamos supor que eu peça dois cafés da manhã. Este, diz ele apontando para seu prato, é um clássico: um crepe com geleia de mirtilo ou um crepe com geleia de damasco. O outro, o café da manhã quântico, diz apontando para o prato vazio de Nina, é um crepe e uma superposição de geleia de mirtilo e geleia de damasco.

Nina balança a cabeça. Uma superposição de...

O princípio da superposição afirma que, se o mundo pode estar em uma configuração e também em outra configuração, então o mundo pode estar em um estado que é uma superposição das duas. Em outras palavras, o universo criado por Deus e o universo criado pelo big-bang podem coexistir. Usando o processo matemático da existência parcial, podemos pensar criticamente tanto em teologia quanto em física. Ou, para usar meu exemplo, posso comer geleia de mirtilo e geleia de damasco no café da manhã ao mesmo tempo.

Não entendi nada do que você disse, comenta Nina.

Termine seu crepe – o clássico – e olhe, parou de chover, diz ela para ele.

* * *

Ploudalmézeau, Tréglonou – *ou, ou* – ela empurra os lábios para fora para formar as sílabas enquanto, silenciosamente, pratica pronunciar esses nomes celtas.

A.B.B e d.B.B. é como dividimos o tempo cósmico, também diz Philip para ela naquele café da manhã. A.B.B. é antes do big–bang, como a.C. é antes de Cristo, e d.B.B., é claro, é depois do big-bang.
É claro.

Durante todo o dia o sol tenta brilhar através das nuvens cinzentas baixas e pesadas. Ocasionalmente, por alguns instantes, consegue, irradiando sobre a paisagem rural plana uma luz intensa que faz a relva parecer mais verde, o mar mais azul e um campo de couves-flores cintilar como diamante.
Chou-fleur, diz Nina para si mesma.
Myrtille.
Ao lado da estrada, a silhueta das vacas e dos cavalos é nitidamente visível.
Eu deveria ter trazido um chapéu, diz Nina, pondo a mão acima dos olhos. Ela está usando jeans e não tem nenhuma dificuldade em acompanhar Philip enquanto eles pedalam na direção da costa.
Então começa a chover de novo, não a chuva torrencial do dia anterior, mas uma garoa.

Vamos parar para almoçar, diz Philip.

Acabamos de tomar café da manhã, responde Nina.

Deve ser o ar marinho. Estou com fome de novo, observa Philip.

Em Landéda, eles comem mais crepes – dessa vez crepes de coquilles St.-Jacques.

E bebem sidra produzida no local.

Nina passa a língua nos lábios; está com sede.

No banheiro, sem ligar a luz, serve-se de um copo de água.

A água clareará suas ideias.

Está frio demais para nadar e, de qualquer maneira, eles não trouxeram trajes de banho.

Não há ninguém na praia. Poderíamos simplesmente tirar nossas roupas e correr para dentro da água, diz Philip.

Ele já chutou os sapatos para fora dos pés e está tirando a camisa e abrindo o zíper da calça.

Vamos, grita para ela.

De volta à cama, Nina treme.

A água gelada a deixa sem fôlego.

Ela dá algumas braçadas e depois volta rapidamente para a praia.

Isso foi um teste, diz-lhe Philip ao sair da água.

Tremendo e de costas para ele, Nina tenta se enxugar com suas roupas. Um teste para quê?, pergunta.

Nina, chama-a Philip suavemente.

Ela se vira e começa a dizer: O quê...

Nu, Philip está ajoelhado na areia. Quer se casar comigo?, pergunta.

Na volta para Tréglonou, começa a chover de novo. Então de repente o sol irrompe através das nuvens e, diretamente na frente – quase aos pés deles –, há um arco-íris.

Faça um pedido, diz Nina a Philip.

Não é preciso, responde Philip, enquanto começa a cantar:

Tudo pode acontecer em uma tarde de verão
Em uma tarde dourada doce e preguiçosa de verão

Quando eles passam de bicicleta por um campo, um tordilho para de pastar e, erguendo a cabeça, estica as orelhas para ouvir Philip.

Não posso acreditar que papai lhe propôs casamento nu, diz Louise.

E você também estava nua.

Eu estava com minhas roupas de baixo, diz-lhe Nina.

* * *

No carro, tarde da noite, enquanto está levando Louise para passear pelos subúrbios de Boston a fim de fazê-la dormir, um policial em uma radiopatrulha pisca suas luzes azuis e a faz parar.

A senhora passou por um sinal vermelho, diz-lhe.

O policial está em pé perto da janela do carro, já com a multa na mão.

Posso ver sua habilitação?

Em sua pressa, Nina se esquecera de trazer a bolsa.

Policial, posso... Ela tenta explicar quando, no banco traseiro, Louise começa a chorar.

Saia do carro, por favor.

Sob seu casaco, a camisola de Nina arrasta no chão; em seus pés, ela usa chinelos de quarto.

Senhora... começa a dizer o policial.

Está bem, vá para casa, diz ele, mudando de ideia.

Como a briga deles começou?

Voltando para casa de um jantar – com Philip ao volante –, Nina fez um comentário sobre quanto Louise está gastando em seu novo apartamento no condomínio em Russian Hill, só que não consegue se lembrar de quando foi isso.

Foi durante os feriados de Natal.

E não vejo por que você precisa de um decorador.

Mãe, não é da sua conta quanto eu gasto com um decorador, mobília ou acessórios para meu banheiro. Quero que o lugar fique bonito.

Eu sei, Louise, mas você não acha que há um limite?

Um limite para quê?

Bem, como acabei de dizer, para gastar dinheiro, especialmente quando se pensa em quantas pessoas no resto do mundo...

Mãe, me dá um tempo, diz Louise. Não vejo você fazer grandes mudanças em seu estilo de vida para se ajustar a como as pessoas vivem no resto do mundo.

Eu tento fazer trabalho voluntário...

Só para você saber, eu ganho muito dinheiro e tenho o direito de decidir como gastá-lo, interrompe-a Louise.

Ei, senhoras, podem falar um pouco mais baixo?, pergunta Philip. Estou tentando dirigir.

Estou falando sério, continua Louise, voltando sua atenção para Philip. Tenho 32 anos e não vejo por que ela tem de me dizer como eu deveria gastar o dinheiro que trabalho tanto para ganhar.

Os três ficam em silêncio por alguns minutos.

Além disso, recomeça Louise, dessa vez se dirigindo a Nina, ao que me consta você nunca ganhou seu próprio dinheiro, mãe.

Lulu, diz Philip.

Tudo bem, diz Nina. Deixe-a dizer o que quiser. E para a sua informação, Louise, eu trabalhava quando conheci seu pai e também vendi várias das minhas pinturas.

Sim, sim, para seus amigos, diz Louise.

Ninguém fala.

Você está sendo rude e indelicada com sua mãe, diz finalmente Philip.

* * *

Ela fica tentada a rir.

O pênis encolhido de Philip está tudo menos oculto em seus densos pelos púbicos quando, magro, nu e molhado, ele se ajoelha na frente dela na praia.

Ploudalmézeau, Tréglonou – Nina pronuncia novamente os nomes.

Você vai pegar um resfriado, diz a Philip.

Esse é a sua resposta?, pergunta ele.

Sim, diz Nina.

Sim.

Nu é ser você mesmo e pelado é ser visto nu pelos outros, diz Nina, tentando convencer Philip a tirar suas roupas enquanto pinta seu retrato.

A nudez é para ser exposta, acrescenta ela.

Não tenho certeza de que quero ser exposto, diz Philip.

Se você olhar para pinturas europeias de nus, por exemplo, *A grande odalisca,* de Ingres, continua Nina, animando-se com o tema, e vir o modo como a modelo olha para fora da tela, fica claro que ela está consciente de que alguém a está olhando, admirando e desejando. O nu no retrato é tanto a pessoa aquiescente quanto a sedutora.

E ficar pelado?

Ficar pelado é você e eu tirarmos nossas roupas antes de irmos para a cama à noite. Não tem disfarces, não tem surpresas.

Eu não fumo há anos, diz Philip, mas de repente realmente quero um cigarro.

* * *

Você me surpreendeu, diz-lhe Philip depois que eles fazem amor no apartamento de Tante Thea na rue de Saint-Simon. De algum modo, eu imaginava seu corpo diferente.
Diferente como?, pergunta Nina.
Mais gordo?
Não, não mais gordo. Apenas diferente.
Você pode ser mais específico?
Não tão bonito, diz Philip.

Nevou no dia anterior, mas a estreita estrada rural pela qual eles dirigem foi limpa e está desimpedida. Quando fazem uma curva, os faróis dianteiros do carro incidem sobre dois veados comendo o sal na beira da estrada. Assustados, os veados levantam as cabeças e começam a correr.
Droga, diz Philip pisando no freio.
Derrapando para a outra pista, o carro sacode até parar, enquanto o primeiro veado desaparece na floresta e, atrás dele, o segundo apenas consegue evitar o para-lama dianteiro do carro.
Nina suspira, mas não diz nada.
Essa foi por pouco, diz Philip, quando eles voltam para a pista certa.
Todas estão bem?, pergunta, olhando para o banco traseiro.
Você estava usando seu cinto de segurança?, pergunta ele a Louise.
Não consegui encontrá-lo, responde ela. Fui parar no chão, acrescenta, sentando-se novamente no banco e esfregando o joelho.

De que ano é este carro?, pergunta Louise. Não está na hora de comprar um novo?

Por um momento, ninguém diz nada enquanto Philip prossegue devagar.

Ah, e, pai, seu casaco esportivo, murmura Louise. Você não tem uma jaqueta decente? Ele é constrangedor.

Lulu, querida, acontece que esta é minha jaqueta favorita. Se sua mãe algum dia decidisse jogá-la fora, eu a abandonaria.

Eles ficam em silêncio durante o resto do caminho de volta.

Quando chega em casa, Nina sobe imediatamente a escada, sem dar boa-noite para Louise ou Philip.

Ela tira a roupa e se deita. Agitada demais para dormir, espera por Philip.

Louise bebeu demais no jantar?

De onde veio toda aquela raiva?

Lá embaixo, tarde da noite e até finalmente cair no sono, Nina ouve risadas. Ela se pergunta o que eles estão fazendo.

Jogando moedas?

Seja o que for, Philip e Louise se esqueceram dela e Philip se esqueceu das palavras duras de Louise.

Em seu sonho naquela noite, Nina funde o veado atravessando a estrada com Iris.

* * *

Logo haverá luz.

Dependendo de como é observada, a luz é tanto uma onda quanto uma partícula, disso ela sabe com certeza.

No dia seguinte, no café da manhã, Louise pede desculpas.
Se você puder me perdoar, mãe, diz ela, eu adoraria ter uma das suas pinturas penduradas em meu apartamento. Eu lhe darei um lugar de destaque na sala de estar.
Sim, é claro, responde Nina, pousando sua xícara de café. Estou honrada – só que terá de pagar por ela.

Em seu retrato de Philip usando cueca samba-canção vermelha, ele está com um cigarro na mão.
Um Gauloise Bleue.

Nina abre a boca e exala ruidosamente como se expelindo fumaça.

Fechando os olhos, ela passa as mãos devagar pelo seu corpo – um corpo, coberto com o casaco vermelho de seda e o velho casaco esportivo de náilon de Philip, que mal pode sentir e não parece lhe pertencer.

Como tudo parece tão distante.
E irreal.

Ela não pode imaginar uma vida sem Philip.
E tampouco deseja.

Philip é jovem, bonito, e eles estão prestes a se conhecerem.
Vous permettez?, pergunta ele, apontando para a cadeira vazia à sua mesa.
Je vous en prie. Nina dá de ombros, sem erguer os olhos.
Sobre o que é seu livro?, pergunta ele depois de algum tempo.
Novamente ela dá de ombros.
Difícil de explicar, responde, sem olhar para ele. É sobre tentar captar a linguagem e transformá-la nas manifestações do eu interior, nas vibrações e nos tremores dos sentimentos no limiar da consciência. Dito de outra forma, o livro é uma tentativa de pôr em palavras o que é basicamente comunicação não verbal.
Parece uma tarefa ingrata, diz Philip.
Ela já está apaixonada por ele.
É um amor que ainda não se manifestou no limiar de sua consciência.
Um amor cujas vibrações e tremores ela ainda não pode sentir; um amor do qual demorará um pouco para se conscientizar.
E para pôr em palavras.
Por enquanto, resistirá a ele.

E até agora mal olhou para ele. Se lhe perguntassem, teria dificuldade em descrevê-lo. Alto? De cabelos escuros? Uma voz bonita.

Nina é meramente cortês.

Ele ergue o braço para obter a atenção do garçom.

Você é uma estudante?, também pergunta ele.

Não, responde Nina.

Você é francesa, certo?

Não, diz ela de novo.

Ele ri.

Também não sou.

Nina ergue os olhos.

De onde você é?, pergunta ele.

De toda parte, responde ela. Mais recentemente, Massachusetts.

Eu também, diz ele.

O que você está fazendo em Paris?

Você quer outro café?, pergunta ele.

Deux cafés crèmes, diz ele ao garçom antes de Nina poder responder.

Lá fora, no jardim, ela ouve pássaros trinando.

Nina toma apenas um pequeno gole do *café crème* que ele pediu para ela.

Não quer lhe dever nenhum favor.

Cafeína demais, observa. Pode me dar uma enxaqueca.

Você tem enxaquecas?, pergunta ele, parecendo preocupado.

Ela já revelou demais. Ainda não quer a solidariedade dele.

Elas são terríveis, mas a boa notícia é que estão trabalhando em um novo grupo de drogas que constringem os vasos sanguíneos cerebrais e podem se revelar muito eficazes para aliviar as enxaquecas.

Você é médico?

Matemático, responde ele. E você, o que faz?

Ela hesita.

Eu pinto.

Como você encara uma pintura?, pergunta Philip posando para ela com sua cueca samba-canção. Não me refiro a um retrato. Isso é óbvio.

Você sabe como será a pintura quando ficar pronta?, continua ele. Estou interessado no processo – em como as pessoas criam. Isso também se aplica aos matemáticos.

Começo com uma linha, uma cor. Depois procuro algo mais. É difícil descrever exatamente o que é, responde Nina.

É ao acaso? Você apenas o encontra acidentalmente, seja lá o que for?

Às vezes, mas nem sempre.

Fique parado, também diz a ele.

Nina está pintando as longas pernas de Philip, exagerando-lhe a magreza e o comprimento, como uma escultura de Giacometti, e tornando o calombo maior na perna esquerda.

Li em algum lugar que arte tem a ver com navegar no espaço entre o que você sabe e o que vê, diz Philip.

Eu busco clareza, diz Nina.

Em uma aula a que Philip certa vez assistiu, Richard Feynman descreveu o tamanho de um átomo dizendo a seus alunos para pensarem em uma maçã do tamanho da Terra, e depois nos átomos dentro da maçã do tamanho aproximado da maçã original.

Clareza.

Por um dólar, Nina vende a Louise uma das pinturas quase monocromáticas da série *Enxaqueca* e, como prometeu, Louise a pendura na sala de estar de seu novo apartamento em Russian Hill. A maioria dos móveis de Louise são modernos, simples e brancos, e a pintura vermelha de Nina contrasta muito com eles.

O quadro ficou ótimo, como um Rothko, diz Louise à mãe.

Como ela contará a Louise?

O que dirá?

Sinto muito, mas seu pai...

Não sei como lhe dizer isto, mas seu pai...

Ou, simplesmente: *Seu pai morreu...*

Ela acha que não está conseguindo pensar direito.

* * *

O cérebro é um saco de 1,3 quilo de neurônios, impulsos elétricos, mensageiros químicos e células gliais. Philip gosta de ensinar a Louise durante o jantar. Há o lado direito, o lado esquerdo, os quatro lobos: o frontal, o occipital ou o córtex visual, que está na parte de trás do cérebro...

Por favor, pai, estou comendo.

Você não está comendo muito, diz Philip, olhando para o prato dela antes de continuar. O córtex parietal, o lobo temporal, que fica atrás das orelhas... Pode me passar o brócolis, Nina? As costeletas de cordeiro estão deliciosas. O sistema límbico, a sede das emoções e da memória, o tronco cerebral, a sede da consciência que nos mantém acordados ou nos faz dormir à noite. Eu gostaria que ensinassem a geografia do cérebro nas escolas, como ensinam a geografia mundial. Equador, Nigéria, Bulgária – você pode me dizer onde ficam esses países, Lulu?, pergunta ele.

Pai, por favor!, diz Louise.

Sabemos que nossas funções cerebrais evoluíram para reagir a átomos de modos confiáveis, mas ainda não temos uma real compreensão da base física da consciência no cérebro, continua Philip olhando novamente para o prato de Louise. Você não vai comer sua carne? E já que aceitamos a interpretação de Copenhagen da mecânica quântica, isso me leva de volta à questão: o que o gato dentro da caixa experimenta conscientemente?

Ah, não, aquele pobre gato de novo, diz Nina, interrompendo-o.

O gato experimenta estar vivo e morto ao mesmo tempo? Está prestando atenção, Lulu? Ou o gato depende de alguém para abrir a caixa e checar?

Você quer dizer que para algo ser real, tem de ser observado?, pergunta Louise, afastando seu prato.

Real no universo perceptível, diz Philip.

Está bem, passe-me seu prato, Lulu. Comerei o resto de suas costeletas de cordeiro.

Philip tem um ótimo apetite.

Come de tudo: testículos de galo, sopa de barbatana de tubarão, ensopado de grão-de-bico, crepes de coquilles St.-Jacques, o *daube de boeuf à la provençale* que ela fará para ele algum dia.

Nina se lembra do frango assado congelando no andar de baixo.

Um apetite pela... vida.

Nina pega a mão de Philip. Os dedos dele estão frios e rígidos e ela os dobra até se juntarem aos seus. Então leva a mão dele aos seus lábios.

"Se eu digo: 'Estou 95% certo de que tranquei a porta antes de sair de casa'", diz Philip a seus alunos no último dia de aula, "esse é um exemplo clássico de probabilidade epistemológica, probabilidade baseada na intuição. Mas se eu digo: 'Estou 95% certo de que morrerei antes da minha esposa', e todos nós sabemos que as mulheres tendem a viver mais do que os homens, isso é chamado de uma probabilidade *a posteriori*, probabilidade computada após um evento. Pegando uma grande amostra, você pode computar a probabilidade – segundo a lei dos grandes números – de todos os tipos de eventos: quem ficará doente e quando, quem morrerá e quando, e assim por diante, dentro de um grau de precisão desejado. Contudo", aqui Philip para significativamente, "sugiro firmemente que vocês permaneçam vigilantes. As probabilidades podem ser muito enganadoras. Vocês devem tentar esperar o inesperado. O evento que ninguém previu – uma epidemia, um tsunami –, o evento que fará uma enorme diferença.

"Deixe-me lhes dar o exemplo famoso do peru. Em vez dele os ingleses usam o de um frango." Philip sorri. "Imaginem um peru alimentado regularmente todas as manhãs durante, digamos, um ano. O peru se acostuma com essa rotina. De fato, se acostuma tanto com ela que passa naturalmente a esperar que todas as manhãs a certa hora alguém venha alimentá-lo. Mas", Philip começa a rir, "uma manhã, talvez a cerca de uma semana do Dia de Ação de Graças, a mesma pessoa que vem alimentar o peru todas as manhãs mais ou menos à mesma hora, em vez de alimentá-lo, lhe torce o pescoço.

"Como vocês podem ver" – todos na classe riem –, "aconteceu algo totalmente inesperado que alterou nosso sistema de crenças e nossa confiança em acontecimentos passados. Isso levanta a questão de como podemos prever o futuro baseados em nosso conhecimento do passado. Essas são observações importantes sobre as quais quero que vocês reflitam."

Os alunos de Philip se levantam e batem palmas.

* * *

No café em Paris, ela não olha para o rosto de Philip; olha para o pescoço dele. Saindo do colarinho aberto da camisa azul, vê um pequeno tufo de cabelos escuros.

Seu coração bate mais rápido em seu peito.

Brevemente e, contudo, improvavelmente, ela se pergunta se está tendo um ataque cardíaco.

Ou se está com algo – uma doença grave.

Franzindo as sobrancelhas, desvia o olhar. Prefere os homens loiros aos morenos e cabeludos.

Como se pudesse ler sua mente, ele põe a mão no colarinho e o abotoa. Então estende a mão e diz: Sou Philip.

O quarto está ficando mais claro.

É a hora antes da alvorada que os romanos antigos chamavam de hora do lobo. A hora em que os demônios têm mais poder e a maioria das pessoas morre ou crianças nascem. A hora em que as pessoas têm pesadelos.

L'heure bleue.

Ouvindo um som estranho no quarto – de algo sendo derrubado –, Nina abre os olhos. A cadeira perto da porta, com seu suéter de cashmere bege pendurado atrás, está no chão. Alguém entrou no quarto.

Um anjo.

O anjo bate suas grandes asas.

O som que faz é como o das velas do *Hypatia* batendo e se rasgando com um vento forte.

O anjo é familiar.

Ele tem os mesmos cabelos ruivos cacheados e asas negras e usa o mesmo tecido em espiral que o anjo de Caravaggio em *Descanso durante fuga para o Egito*, a pintura que a paralisara. Na época, não conseguia se afastar dela e tampouco explicar por que, e Philip ficou impaciente. Ele disse que a pintura era sentimental e preferia o realismo dos dois Caravaggios que eles haviam visto em uma das capelas de Santa Maria del Popolo. Era a hora do almoço. Mas no caminho do Palazzo Doria Pamphili para o restaurante, a carteira de Philip foi furtada. Somente depois que eles comeram e chegou a hora de pagar, Philip notou que sua carteira se fora.

Com grandes asas negras abertas, o anjo vem e fica perto dela na cama. Ele põe sua mão em Nina.

Onde está?, pergunta Nina. Ela está pensando na carteira.

Sorrindo, o anjo balança a cabeça.

Ela deve estar sonhando.

Isso não importa.

Mas ela não está assustada ou surpresa.

Nina pega a mão do anjo e o deixa conduzi-la até a janela. O anjo afasta as cortinas e a abre. O ar fresco entra no quarto. O sol brilha e o dia está claro. Abaixo, no jardim ainda um pouco molhado de chuva, os lilases e as peônias estão florindo. Nina respira profundamente. De onde está, pode sentir o perfume dos lilases. Lilases franceses. Então, quando seus olhos se acostumam com a luz, consegue ver Philip.

Usando sua camisa de trabalho azul com as mangas enroladas até os cotovelos, ele já está lá fora na horta – capinando, plantando e arrancando ervas daninhas. Quando vê Nina na janela do quarto, para o que está fazendo, se apruma e acena para ela.

Agradecimentos

Como a desprezada pega que rouba descaradamente de ninhos de outros pássaros para guarnecer o seu, fiz o mesmo na página 27, de E. T. Jaynes, *Probability Theory: The Logic of Science* (Cambridge University Press, 2003, p. 1); na página 36, de Mary-Louise von Franz, *Psyche and Matter* (Shambala, 1992); nas páginas 50-51 e 126-127, de Morris Kline, *Mathematics for the Nonmathematician* (Dover Publications, 1985, pp. 524-26); na página 57, de Simon Singh, *The Code Book* (Doubleday, 1999, pp. 260-61); nas páginas 68-69, de Adam Phillips, *Monogamy* (Vintage, 1996, p. 105); nas páginas 93 e 141, a conversa de Lorna é parafraseada de Janna Levin, *How the Universe Got its Spots* (Princeton University Press, 2002, pp. 1, 4, 7); nas páginas 102-103 e 143-144, de Frank Wilczek, que ganhou o Prêmio Nobel de física em 2004 e atualmente ocupa a cátedra de física de Herman Feshbach no Massachusetts Institute of Technology (MIT) e, com sua esposa Betsy Devine, escreveu *Longing for the Harmonies: Themes and Variations from Modern Physics* (W.W. Norton & Co., 1989); na página 111, de Douglas Hofstadter, *I Am a Strange Loop* (Basic Books, 2007, p. 252); na página 123, de Keith Devlin, *The Unfinished Game: Pascal, Fermat, and the*

Seventeenth-Century Letter That Made the World Modern (Basic Books, 2009, pp. 2, 9, 25-26, 29); nas páginas 142-143, de Stephen Hawking, *A Brief History of Time* (Bantam, 1988, pp. 148-50); na página 144, de Patricia Lynne Duffy, *Blue Cats and Chartreuse Kittens: How Synesthetes Color Their World* (Times Books/Henry Holt, 2001, p. 22); na página 156, letra de música citada da gravação de Great Courses de *The Joys of Mathematics*, palestra 12, *The Joy of Pi*, ensinada por Arthur T. Benjamin (ele atribui a letra a Larry Lesser, um amigo); na página 157, da gravação de Great Courses de *What Are the Chances? Probability Made Clear*, ensinada por Michael Starbird; nas páginas 168 e 204, de uma entrevista com William Kentridge de Michael Auping em *William Kentridge: Five Themes* (San Francisco Museum of Art e Norton Museum of Art em associação com a Yale University Press, pp. 230-245); na página 180, de John Berger, *From A to X* (Verso, 2008); na página 198, de John Berger, *Ways of Seeing* (Penguin, 1972); na página 204, de Richard Feynman, *Six Easy Pieces* (Basic Books, 1963, p. 5); e nas páginas 207-208, de Nassim Nicholas Taleb, *The Black Swan: The Impact of the Highly Improbable* (Random House, 2007, p. 40).

Também desejo agradecer aos vários sites da internet que usei para obter informações: http://mathworld.wolfram.com/LawofLargeNumbers.html; http://gwydir.demon.co.uk/jo/probability/info.html; http://members.chello.nl/r.kuijt/en_pi_onthouden.html; www.cl.cam.ac.uk/research/hvg/Isabelle/overview.html; e www.templeton.org/pdfs/articles/Physics_World_Faraday07.pdf.

Meu agradecimento especial a Nathaniel Kahn por suas observações e explicações entusiasmadas. *Un grand merci* a Irène

Bungener e Bertrand Duplantier. Por sua amizade, seus conselhos e seu apoio quero agradecer a Molly Haskell, Michelle Huneven, Frances Kiernan e Patricia Volk. Também sou muito grata a Trent Duffy por editar este livro. Como sempre, agradeço a Georges e Anne Borchardt. E finalmente quero agradecer à minha excelente e amável editora Elisabeth Schmitz.

Impressão e Acabamento:
GRÁFICA STAMPPA LTDA.
Rua João Santana, 44 - Ramos - RJ